想。

我想试一试。

想试试能不能用一生的时间去改造掉这个直男。

想试试看你老了的时候是不是还会这么别扭。

想试试我们愿意为对方尝试多久。

我大概是恋爱了吧

森木岛屿 / 著

花山文艺出版社

·作者简介·

森木岛屿

小 花 阅 读 签 约 作 者

性子慢热，偶尔精分。
喜欢阅读。
希望永远十八岁。
永远写最温暖的故事。

代表作：《每天萌他千万遍》《你不说话也很甜》《你见过仙女吗？会追你的那种》《你有一份初恋请签收》

前言

一场关于女主（原型）的不正经采访

新故事是开会的时候若若姐偶然提到的梗，作为编辑部软萌担当，薇薇当场被点名，过五关斩六将成为女一号。

外表软萌甜，内心又很有主意。

可以说是“薇薇本薇”啦！

于是，在这个风和日丽万里无云的日子，我决定采访一下我的编辑，也就是本文女主角的原型，娄薇同学……

欢迎女主角登场。

（手动鼓掌：啪！啪！啪！）

薇薇：微笑。[淑女式提裙角 .jpg]

森木（笑，暗戳戳地搓手）：薇薇同学，作为女主角，请问你愿意被我写吗？

薇薇：不愿意。

好了，全剧终。

咔！

掐掉，掐掉。

这段不能播。

重新开始。

森木：关于女主角，你有什么想说的吗？

薇薇：我觉得我比她萌。[一本正经卖萌.jpg]

森木：当然哪！你最萌，你天下无敌第一超级巨萌！

薇薇：你以为夸我就不会被催稿了吗？天真。[卖萌式吐舌翻白眼.jpg]

森木（被识破了很尴尬，机智地转移话题）：对了，采访一下，你对我们男主角有什么想法呢？现实生活中身边有没有这种人？

薇薇：你是失忆了吗？好像忘了什么？

森木：哈？

薇薇：我要曝光你们当初说我和 ×××（办公室里一位不愿意透露真实姓名的非常高冷的某小哥）的八卦的聊天记录！别拦着我！

聊天记录：

森木 17:03:12

我要写新故事辣，娄薇式软妹和 ×××（手动打码，以下统称 ×××）式高冷

子非鱼 17:03:26

对哇！一个软萌，一个冷漠，他俩就是原型啊！

森木 17:03:39

我需要你帮我脑补一下这两个人的碰撞！

子非鱼 17:03:56

××× 满脸写着，你离我远一点不要靠近我！

小薇薇：你可不可以帮我忙啊?

×××：不可以。

小薇薇：你就帮帮我吧。

×××：我不要。

小薇薇：我求你了哇！

×××：……行吧。

森木 17:05:02

不不不，他应该是这样：（冷脸 .jpg）滚！

子非鱼 17:05:05

哈哈哈哈哈！太真实了！

森木：实不相瞒，我还挺好奇你利用自己软萌的外表做过什么惊（shang）天（tian）动（hai）地（li）的事情?

薇薇：以前我们学校门口卖鸭脖的老爷爷看我比较可爱，每次我买鸭脖他都送我两只鸭爪。还有烧烤摊的阿姨，我可想她了，每次烤鱼和烤茄子她都给我选最大的那个。我们大学门口卖吃的的大爷大叔奶奶阿姨都认识我，我毕业的时候去吃最后一顿馄饨，卖馄饨的叔叔听说我要走了，就没收我的钱。

森木：我也想做一个萌妹子……我有种大学白读了的感觉……

薇薇：还有……我才来长沙的时候去逛湖南大学，小吃街卖重庆小面的阿姨和我老乡见面泪汪汪，所以送了两个煎蛋给我。（难怪我又胖了，这就是原因啊！）

森木：所以，你卖萌的对象都是大妈大叔大爷吗?

薇薇：因为我对着好看的男孩子卖萌卖不出口，好看的男孩子是用来观赏的！（这大概就是我还单身的原因吧……）

森木：哈哈哈！

薇薇：第一次被写进书里，卖萌对象是帅气警察小哥哥，啧啧，想想好激动啊！谢谢森木小姐姐！抱拳！鞠躬！

森木：哈哈哈，想要什么样的男朋友，我都可以（捏）给你……（捂脸苦笑.jpg）

好了，今日份尬聊到此结束。

隔壁的子非鱼，你可以放结尾音乐了。

哦，对，差点忘了什么。

娄薇小姐姐最美，最棒，最可爱（听说夸薇薇一句五毛钱，我多夸几句，累积结账）！

（PS：薇薇的呐喊——别整这些没用的，请作者找一个和故事里男主角一样的男生来让我谈恋爱！谢谢！）

——森木岛屿

目录

c o n t e n t s

目录

contents

第一章

Chapter One

乔队，以后，多多关照哇！

1.

“乔队，你真不去啊？今儿可是赵局请客啊，难得铁公鸡拔毛，不宰他一顿？”

“对啊，老大，”李子也附和，“案子总算交代了，你也跟我们去放松一下呗？”

……

车子在警队门口停下，几个人还在七嘴八舌地劝着。

前段时间队里接了个明星遇害的案子，因为牵涉太广，又有舆论压着，一队人忙前忙后赶了好几个通宵，才总算有了结果。今天得了半天空，一群人正收拾着去吃顿好的。

“不去了。”乔柏捡起车后座上的外套，俯身跳下车，“回去整理资料，你们多吃点儿。”

不等李子再接话，“砰”的一声，他甩手直接关上车门转身。

七月份的天气，空气里都是燥热的气息。

几天没好好睡过，这会儿终于放松下来反倒没了困意。

乔柏捻了捻眉心，抬腿往局里走，满脑子都还是案子最后的汇总整理工作。

手机“叮”了一声。

他从兜里摸出手机，随手解锁屏幕，刚点开语音，乔老爷子中气十足的声音立马透过话筒传了过来：“柏啊，你见过那姑娘了没？感觉怎么样啊？能结婚不？啥时候能生个重小孙孙给我玩啊？”

接着，又是两条：

“要是觉得不行，你张婶说她还认识一个，要不我把照片先发给你？”

“乔柏我告诉你，你要是再不带个姑娘回来，我就去找你们局长……”

乔柏没听下去，直接锁屏，把手机丢进兜里。

乔老爷子今年把他的餐厅全权交给小徒弟打理，自己安心做起了甩手掌柜，日子过得那叫一个悠闲。直到前段时间受邀接连参加了好几场婚礼，看着人家儿孙满堂的很是眼红，闲来无事就把主意打到了自家孙子身上。

先后几次鼓动乔柏无果后，乔老爷子索性亲自上阵，发动广大广场舞大军张罗起乔柏的终身大事，隔三岔五就来个电话轰炸什么的，打电话没用，他又让徒弟教他学着用微信开始各种狂轰滥炸。

乔柏实在头大，也懒得再应付，见绿灯亮，直接抬腿过马路。

只不过，他还没走几步，远远就听见隐约的争执声。

“小哥哥，你就让我进去呗！我真是警队新来的，今天报到，骗你是小狗！”林声举了举手，一副对天发誓的样子。

值班的小警员被她这一口一个软萌的“小哥哥”喊得有点心软，犹豫了一下，但还是板着张脸无奈地道：“小姑娘，你回去吧，这里是省刑警大队，真不是你能来玩的地方！”

“不是，你怎么就不相信我呢，我真是来报到的，只不过……”

只不过早上只顾着在奚凯那里胡吃海喝顺东西，临走的时候倒把自己的包和证件给落下了。

“没有证件我真没法放你进去。”

“小哥哥通融一下嘛，我朋友马上送证件过来，外面真的很热，你先放我进去吹会儿空调也好啊，求求你啦！”

林声把纸袋换到另一只手里，露出粉白掌心间勒出来的一道红印，然后攥了攥手指，偷偷瞄了瞄小警员略微松动的表情，继续扮可怜：“小哥哥，你觉得我像是会骗人的那种人吗？不然你放我进去跟你们头儿对一下，不就是啦，求求你！”她擦了擦额角的汗，眼睛里泛着晶亮的水汽，看上去可怜巴巴的。

“可是……”

“没有可是。”她继续劝说对方，“我朋友马上就送证件过来，我在这里等也是等，进去吹会儿空调也是等，一样的呀。再说了，就我这么一个小丫头，进去也不会炸了警队对不对？”

小警员迟疑了一下，似乎被她说动，刚要开口，看到从马路对面过来的人影，立马双脚并拢，站得端端正正：“乔队！”

林声下意识地回头，撞进一双漆黑沉静的眸子。

男人穿着黑色的T恤，头发剃得极短，利落干练，神色清冷倨傲，轻飘飘地扫了她一眼，脚步没停。

嘿，还挺好看。

林声立马往前追了几步，笑了下，冲他伸手：“乔队！”

对方看都没看她，头也不回地往里走。

林声：帅有个屁用！

“乔队，”小警员上前帮忙解释，“她说是警队新人，来报到的。”

乔柏顿足没看小警员，转过头冷冰冰地瞥了她一眼。

黑发红唇，上身米白色的小衬衫，领口处的带子绑了个蝴蝶结，下身裙装，裙摆边缘还缀着一圈细细小小的褶皱。左手腕上套着好几只闪亮的手镯，右手拎着一堆袋子，全是知名品牌。

警队？新人？

呵！

乔柏收回目光，在心里冷嗤一声。

“乔队好。”

林声很是乖巧地扯起嘴角，把袋子换到另一只手里，无比耐心地重新

冲他伸手：“我是新来的林声，今天是因为……”

她话没说完，被对方直接冷声打断：“证件。”

“不是，乔队，我东西落朋友那儿了。”林声抿了抿嘴角，开始打哈哈，“你看看我呀，五官端正，作风优良，一看就是根正苗红的正经姑娘，看脸就知道是咱们警队的人，我真的是……”

“孙奇。”乔柏突然出声。

“到！”小警员立正。

“以后别什么人都往里放。”

乔柏抬脚就走。

林声：“……”

出师不利。

林声长长地呼了一口气，目光却还是盯着门内大步走开的背影，然后蓦地赌气一般，把手里大大小小的袋子用力往地上一丢。

电话就在这个时候响起来。

她扫了眼手机屏幕接起来放到耳边，语气里不自觉地就染了些火：“我说奚大爷，让你给我送的包呢？你是在家里生孩子吗？”

“哟！”

奚凯被她这火大的语气逗乐了，一听就知道这家伙碰钉子了，他不急不缓地踩了刹车，身子往后一靠，慢悠悠等绿灯的空当儿，对着电话开始幸灾乐祸：“不是，你这怎么还跟我急上了？脸皮被你拌饭吃了吗？到底是谁臭不要脸地搁我这儿连吃带拿的，结果把自己东西落下了的？”

这……也是。

林声有点脸热，咳了两声："一码归一码，你话怎么就这么多呢？我跟你说啊，你赶紧把东西给我送过来，不然我跟陶桃告状去，你信——"

"哐当"一声。

身后大门忽然打开，三分钟前冷漠离开的男人重新折返回来。

嘿！

反悔了吧？

林声眼睛亮了下，也不顾那边咋咋呼呼的奚凯，直接挂断了电话，然后重新站直身体，矜持又傲娇地理了理衣角，往前走了两步，清了清嗓子："乔——"

"东街西南角正大银行附近，劫匪持有刀具，挟持儿童一名。李子，你带人过去支援。陈韬，从中心广场后边过去抄近路围堵，注意务必保证人质安全。"

他目光疾厉冷静，咬肌收紧，下颚绷得僵直，抬手正了正耳边的蓝牙耳机，对着电话下命令，全程看都没看她一眼，直接跳上车疾驰而去。

林声被他这气势慑住，一时间反倒忘了自己刚要说什么。

"嘿！"奚凯停了车小跑过来，伸手在她面前晃了晃，"我们林大小姐怎么还被关在门外，要……"

林声回过神来，忽然勾了勾嘴角，然后一把从他手里夺过车钥匙："紧急借用，您自己打个车回去，回头我报销！谢啦！"

话音刚落，她人已经上了车，黑色越野车屁股一甩，呼啸而去。

奚凯愣在原地，嘴边的笑意都还没来得及消退，僵着脸看了看拎在手里的包：“不是，你这包到底还要不要了啊？”

2.

东街。

这里偏离市中心，目前处于正在开发的潜力地段，周围多的是新起的楼盘和重新修整的建筑，人流量相对不算太大。

林声赶过去的时候，现场已经被包围。

劫匪挟持人质逃窜，又被紧急赶过去的警察们断了后路。前后夹击之下，劫匪慌不择路索性带着小孩儿就近进了旁边一栋未完工的大楼。

楼下全是警察。

劫匪大概也知道自己这次要栽了，这会儿抱着赌徒心态拎起小孩儿直接站在了三楼最边缘的铁架上，手里的尖刀抵着小孩儿的脖颈，整个人红着眼有点丧失理智。他摇摇晃晃地冲着楼下大喊：“来啊，你们如果不怕我弄死他，就朝我开一枪！反正我也活够了，临死前拉个垫背的，不亏！”

他吼一句，小孩儿的哭声就更大一些，一大一小颤颤巍巍地站在楼层边缘，随时都有坠落的可能。

大楼尚未完工，大楼四面还搭着钢架，地面上满是凌乱的废弃工料，本来就给营救增加了不小的难度，再加上人质小孩儿年幼，根本没有办法配合行动，现场陷入了僵持状态。

“要是不想让他死，”劫匪颤着声音，几乎是在嘶吼，“你们就放我走！”

林声皱了皱眉，仰头打量周围的形势。

这栋楼还未封顶，三楼南面也就是劫匪所处位置，大概是落地窗设计，整面呈空旷的开放状，正好便于他与楼下的警察对峙，西面则是……

林声愣了一下，目光落在西面二楼窗户处的身影上。

黑色T恤常服，身姿矫健利落。

不知道什么时候他避开劫匪的视线，独身爬上了二楼。

如果走正常楼梯，很容易引起劫匪的注意，一旦出差错，对方情绪失控则会危及人质，所以……他是打算从西面二楼窗户的位置借钢架直接爬上三楼，好从侧面下手？

林声吸了一口气。

劫匪似乎有预感似的，突然警惕地回头往四周看了看，扯着脖子暴躁起来，冲着楼下喊：“你们别想跟我拖延时间，十分钟！给我弄车子和钱过来，不然老子跟这小崽子同归于尽！”

二楼处，那身影一顿，他单脚踩着窗台，两只手握着钢架，肌肉紧绷，整个人半悬空地紧紧贴在墙壁上。

“你别冲动！”

“不要冲动！”

两道声音同时响起，李子比画着手势示意其他警察后退两步，然后看了看旁边的中年男人。

中年男人死死地盯着三楼的小孩儿，急急忙忙地搭话：“你别激动，要什么都行，只要你放过我儿子，你放心，我保证你什么事都没有……”

他哑着嗓子跟劫匪谈判，旁边的警察不动声色地跟二楼的身影交换了个眼神。

林声抿了抿嘴角，眉头一压，迅速折身从车里拿了一件奚凯的外套系在腰间，然后绕开人群往相邻一栋楼的北面跑过去。

两栋楼紧挨着，在楼与楼的间隙处停着一座塔吊，楼后外层全是钢架。

如果从另一栋楼爬上三楼，从西北角攀上塔吊，再借助外层的钢架平移，不出意外，可以悄无声息地到劫匪的正后方位置。

距离劫匪不到十米的直线距离。

问题应该不大。

林声目测好距离，从置物架摸出医用胶带往手腕上缠了几圈，想了想，又拿了两根棒棒糖塞到外衣口袋里，然后转身爬上楼梯。

唐安联系谈判专家回来，一抬头就看见这边跟猴子一样的小姑娘已经攀上了塔吊，瞬间倒吸了一口气，反应过来的时候，她已经爬到了两层楼的高度。

对上他的视线，她扬着头朝他一笑。

张扬明艳，自信跋扈。

唐安吞了口唾沫，怕影响到行动，他也不敢出声，只皱着眉头默默地闭了嘴，紧张兮兮地盯着她的背影。

楼下，李子还在竭力分散劫匪的注意力。

乔柏已经爬到三楼西面的边缘位置，他找了个着力点攀着墙沿稳住身形。

小孩儿已哭得脱了力，这会儿整个人软塌塌地被劫匪拎着衣领，哑着嗓子脸色发白。

乔柏背着手冲李子比了个手势。

李子立即会意，有警员开了车子到楼下。

“车子帮你准备好了！”李子指着那辆车子对楼上的劫匪喊，“你先把孩子放下！”

劫匪往楼下看的空当，乔柏一使力整个人翻上三楼。

“警察叔叔——”小孩儿蓦地出声。

“嘿，这里！”

听见小孩儿的声音，劫匪下意识就要侧头看向西面，正后方却忽然传来带着笑意的女声，他分神往后看去。

林声嘴角忽地一沉，抬腿一个横踢正中劫匪裆下。

乔柏反应极快，趁劫匪吃痛松开小孩儿的瞬间，立马扑上来扣住劫匪的肩膀将人往后一拽，以手为刀劈在劫匪握刀的手腕上。

劫匪痛苦地踉跄两步，手里刀具落地，乔柏跃过去制住劫匪。

林声眼疾手快地反身前扑，单手捞起面色惨白、哆哆嗦嗦的小孩儿。

劫匪被乔柏压制住，紧要关头，他也什么都不顾了，猛地抱着乔柏的手臂疯咬一口，趁乔柏脱力之际，用力滚了一圈，捡起地上的刀直接向林声冲过去。

林声一心顾着怀里的小孩儿，也没留意身后动向，一回头就看到凶神恶煞迎面扑过来的劫匪，她下意识地侧身将小孩儿护住。

然后，“咚”的一声，骨肉撞击的闷响。

速度极快的乔柏一记横踢，直接将劫匪踢倒，又连续动作将劫匪制伏。

“带走！”

李子带了人上来，抬手直接给了还在骂骂咧咧的劫匪一巴掌，然后押着人往楼下走。

乔柏扫了眼对面正拿着棒棒糖安抚小朋友的林声。

林声扬了扬下巴，冲他得意一笑。

乔柏咬了咬牙，下颌紧绷，训斥的话还没说出口，面前闪过一道人影。

3.

“棒啊！”

乔柏回头，结果唐安看都没看他一眼，脚底生风直接冲到林声面前，满脸崇拜：“你也太厉害了吧！”

“徒手走钢管！三层楼呢！”唐安两眼发光地盯着林声，将人上下打量一番，拱手道，“女侠，请受在下一拜！”

林声把小孩儿交到匆匆忙忙上楼的中年男人的手里，抬头冲着唐安笑了下。

她扯开缠在手上的胶带，拿掉之前系在腰间的男士外套，抚平衣角。

白衣黑裙。

又是一副温良无害的软萌淑女样儿。

仿佛刚才利落攀爬钢架的女疯子不是她一样。

唐安惊呆了，半晌没回过神来。他冲她比了个点赞的手势："厉害啊，女侠！佩服佩服！"

也不知道是佩服她爬楼的速度，还是佩服她沉鱼落雁、闭月羞花的美貌。

林声想着。

应该都佩服吧！

嘿嘿嘿。

唐安还跟在她屁股后边无脑地吹嘘："女侠你是不知道，我在下边看得真是心惊胆战、头皮发麻！好家伙，体力真棒，女中豪杰啊！女侠你简直就是活的女版钢铁侠……不不不，你比钢铁侠萌多了！"

乔柏扫了眼叽叽喳喳的狗腿唐安。

林声没想到自己随手爬个楼还能捕获一只小迷弟。

不过说起来，不是她自夸，这三层楼的高度，对她来说，还真算不上太高难度的挑战。

她出身军人世家，虽说是整个林家捧在掌心里的宝贝，但军人家庭从不兴娇惯，硬骨头也是打娘胎里就带出来的。好吃好喝可以依着，训练也

不能少，更何况林老爷子和林爸爸都是出了名的严格。林声打小就跟院子里那帮男孩子一起训练，小到百米冲刺、单腿伸登、擒敌拳，大到挂钩梯训练、负重越野、射靶……

她又是个不安分的主儿，成日里跟奚凯鬼混，翻墙爬树掏鸟窝坟园冒险，总之，学来的正经本事全活学活用拿来做不正经的事儿了。

别的不说，体能是绝对过硬。

照奚凯的话说，她就是一身硬汉本事白瞎了那张看上去弱不禁风的纯情小脸。

林声正被唐安夸得心花怒放，本来想大手一挥谦虚谦虚，结果她一起身就看见乔柏那张冷得跟东北大冰碴子一样的臭脸。

不是，你总这副表情是什么意思？

她学着他的样子，冷冰冰地回瞪了他一眼。只不过气势不足，同样的眼神到了她这里没了冷冰冰的力度，看着倒更像是挑衅。

乔柏眼角轻佻：“唐安！”

唐安忙着跟林声搭话，根本没留意到自家老大的脸色，拿着一块创可贴往林声胳膊肘上贴：“这里破皮了，贴一下！”

他这么一说，林声这才有点感觉，一低头看到小臂处蹭破了皮，没有出血，这会儿有火辣辣的刺痛感。

她倒吸一口气又生生止住，大手一挥，大气道：“没什么，没什么，为人民服务，义不容辞！”说完往乔柏的方向看了一眼。

瞧瞧这思想，这觉悟！妥妥的警队新成员啊。

她还惦记着被乔柏关在门外的事情，嘴角一撇，回头继续跟唐安说："下次我再给你表演个胸口碎大石或者徒手劈砖头。"

唐安：刺激！

"毕竟我这几年警校也不是白上的不是。不找机会表现表现，指不定还要被人家当作什么冒牌货呢。"

意有所指的一番话，她又很刻意地瞟了一眼乔柏。

唐安还没搞明白林声话里的意思，林声朝他伸出手，微笑着自我介绍："你好，我是刚来咱们警队的林声，今天第一天报到。"

唐安惊呆了，下意识地握住她的手。

"那……"林声笑，"以后多多指教……"

"无视国家法律，冒充警察招摇撞骗，可以判处三年以下有期徒刑、拘役、管制或剥夺政治权利。"乔柏看也没看她，冷嗤一声。

胆大妄为、冲动嚣张，还真以为自己有多少本事！

他面无表情地捡起地上的刀："唐安，归队！"

唐安看了看队长，再看了看林声，嘴角微动："不是，乔队，这看着也不像啊，刚刚还多亏了她帮忙救……"

"私自行动、胡作非为，妨碍警队行动，"他拍了拍手上的灰，也没理会唐安，自顾自往外走，"我劝你最好老老实实回去，妨碍公安机关执行任务，你再敢跟着——"

他突然顿住步子。

紧跟在他身后的林声猝不及防差点撞上去。

他回过头，居高临下，看着她一字一顿，语气冷冽，又带点恐吓的威

胁味道："我请你吃牢饭。"

什么鬼东西？

有毛病吧！

我就是来报到的啊！

林声被他盯得来了脾气，仰头同他对峙："你是不是有……"

"我说林大小姐，我的姑奶奶！"

她话没说完，奚凯的大嗓门从外面传来："林声，你还真把老子当全职管家使唤了是不是？"

他气势汹汹地冲进来，一米八几的大老爷们儿肩上那只兔子背包格外跳戏。

察觉到周围人打量的眼神，他立马把包丢到林声怀里，一脸嫌弃："还没入职呢，这就抢着赶着出任务！你的破包，收好了，再找不到了可不关我的事啊？"他抹了把汗，还在念叨，"真是上辈子欠你的！好歹我也是分分钟上下几百万的人好吗？这一中午全耽误在你这儿了！你自己算算我这是多大的损失，赶紧想想怎么赔吧！"他嘴巴不停，见没人理他，又絮絮叨叨，"哎，不是，你坏人抓到没啊？"

……

林声没搭理奚凯，只顾着低头在包里翻起来。

乔柏扫了眼咋咋呼呼的奚凯：物以类聚，人以群分。

乔柏没再多待，扭头就往外走，唐安把他的手机递过来："乔队，电话。"

乔柏扫了眼屏幕，转身避开人去旁边接起电话，入耳就是赵局的大嗓门儿："小柏啊，我忘了跟你说件事！"

……

半分钟之后。

乔柏板着张脸又折了回来。

林声看着他的脸色，也大致猜到了电话内容，她嘴角一咧，心情大好，不急不缓地从包里拿出钱包。

警员证、身份证、驾驶证……

所有的证件都摊开到他面前。

"乔队？"她懒散一笑，牵着嘴角，"海安市公安局刑警大队林声报到。"

乔柏脸色更阴沉了一点儿。

很好。

"以后——"她故意顿了顿，嘴角的笑意更深，还冲他眨了眨眼睛，"多多关照哇。"

说完，她还很是嘚瑟地扮了个鬼脸。

挑衅味道十足。

乔柏无声地咬了咬牙，又不好发作，耳边都是赵局刚才的叮嘱："小柏啊，我给咱们队里弄了个新人，小姑娘厉害着呢！你平日里多关照哇！"

他看着面前的家伙，只觉得脑仁子疼。

不服管教、自以为是、冲动跋扈。

这就是他对她的全部印象了。

关系户。

少女时期“中二病”发作，一时热血上头，有点小本事就冲动跑来警队逞英雄，没有责任没有担当，三分钟热度。

反正早晚得走。

他眸色收敛，握了握拳，下颚绷得僵直，淡淡地瞥她一眼：“归队！”

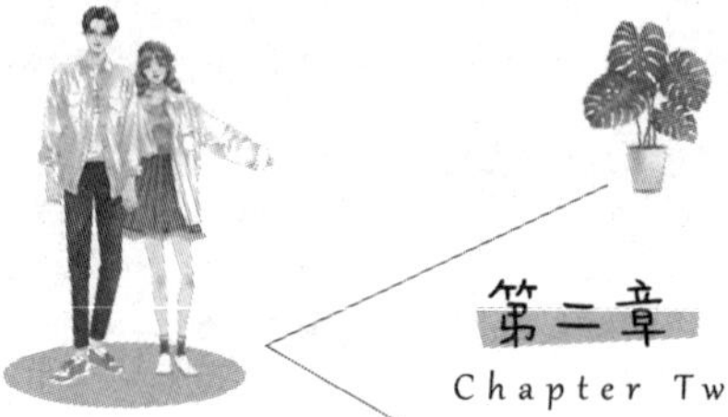

第二章

Chapter Two

背后说上司坏话还被捉了个现场……怎么破?

1.

林声总算如愿入了警队。

除了时不时要面对乔队的冷言冷语以外，一切都特别顺利。

毕竟她是人美心善人见人爱的超级无敌美少女！

于是周一一大早，她又很是欢快地蹦跶去了刑警大队。

“早啊，孙奇！”

“早啊，老赵！”

“早啊，小李子！”

“早……”

她一路打着招呼，推开门的时候，迎面撞到冷冰冰的瘟神，到了嘴边的话下意识卡住，笑意都僵了半秒，随后又很快缓过神来，扯了扯嘴角：“早啊，乔队。”

“早——”乔柏面无表情地横了她一眼，把手腕上的表递到她面前，“吗？”

怎么不早？距离上班时间还有两分钟。

又没迟到，难道不早吗？

不过这些天以来，她也已经习惯了这冰坨子有事没事都爱给她找点儿事的非理智不正当行为，也不想正面跟他计较。

那句话怎么说来着？大人不计小人过嘛！

谁让她这么大度呢！

她明明知道他此举的意思，偏偏装糊涂，一边把门再推开些，一边小心翼翼地绕过他，不等他开口，迅速往他手腕上一拍，笑：“嗯，手表不错！”说完拔腿就跑。

乔柏顿足，看着一蹦一跳离开的背影，不自觉地敛起眉心。

嚣张。

“嗨，女侠早上好！”

唐安嘴里叼着只面包出来，一眼就看到蹦蹦跳跳过来的林声，老远冲她招手：“吃早餐了没，我这儿还有面包。”

林声也不跟他客气，顺手就从他递过来的纸袋子里捏了一块塞进嘴里：“味道不错！抹茶红豆的啊，有品位！”

“嘿嘿，”唐安不好意思地挠了挠头，老实道，“乔队给的。”

林声一噎，差点就要把面包吐出来。

乔冰碴给的东西，不被毒死也得被冻死啊！

唐安见她噎住，急急忙忙又把桌上的牛奶打开递过去。

林声仰头灌了一大口，又忽然回过神来，后知后觉道："唐安，这牛奶该不会……"

唐安笑："也是乔队的。"

话一说完，对上林声古怪的眼神，他反应了一会儿，忽然涨红了脸提高声音，有点气急败坏道："女侠你想什么呢。先不说我，就乔队那样儿的，还看不出来是直男吗？标准的钢铁直男好吗！"

顿了顿，他又小声补充了一句："我有喜欢的女生。"

林声没听清，"啊"了一声。

唐安也没再说下去，而是把乔柏在某次任务中救下一个暴发户女儿，自此收获了头号小迷妹韦奕，以及小迷妹 365 天死缠烂打花式送早餐的事情从头到尾跟她讲了一遍。

还有人眼瞎看上乔冰碴？林声嗤笑一声。

"嗨，这妹子啊，没戏，乔队根本不喜欢吃甜食，她的早餐也就全进我们肚子里了。再说了，"唐安无奈地笑了下，"队长最讨厌她这种女生，成天打扮得跟花孔雀似的，嘻嘻哈哈蹦蹦跳跳死缠烂打……"

林声默默地看了眼自己的荧光绿外套，再反思了下乔柏对她的态度，忽然觉得膝盖有点……痛。

唐安似乎也意识到哪里不太对，抬眼上下打量她一番，疯狂摆手："哎，不是不是，女侠我不是这个意思，我没说你，你怎么能跟她比啊，啊呸！她怎么能跟你比啊？”

他解释着：“她就是个疯子，恶意卖萌装嗲，你不一样啊，你是真正的萌，漂亮又大气，温柔又淑女，武艺高强，敢于与恶势力正面斗争，唯一一个被乔队放在眼里……”全心全意想弄走的人。

“嗯？”

“我是说，你是唯一一个被乔队放在眼里的人，势均力敌，他就是觊觎你的美貌。”

求生欲很强啊，小伙子！

林声挑了挑眉。

虽然有点浮夸，但是，不得不说，忽略掉最后一句，这些话还是挺受用的，嘿嘿嘿！

“对，他就是觊觎我的美貌！”林声又咬了两口面包，特不要脸，“大概是嫉妒我太萌？也不是不能理解，毕竟你们这个乔队啊，啧啧啧，从头到尾都透着万年寒冰的气息，这种人啊，一般内心都火热，说不定他心里其实住着个小公主——”

话没说完，大门“哐当”一声。

“小公主”正一脸冷漠地看着侃侃而谈的两个人：

“一分钟，训练场集合！”

“哈？”

唐安跟林声反应过来的时候，只来得及看见一抹透着煞气的背影。

完了完了。背后说上司坏话还被捉了个现场……怎么破？

2.

训练场上，烈日当头。

林声跟唐安火急火燎赶到场的时候，其他人都已经整整齐齐在列了。

乔柏一身黑色，站在队伍最前边，脊背挺得笔直，他单手拿着只计时器，微微侧头，端正硬朗，侧脸线条流畅分明。

两个人心虚，也没敢多看队长一眼，直接老老实实地入列。

“59.6 秒。”

他低头扫了眼秒表，目光不经意从林声身上略过，声音冷淡，辨不出情绪。

林声一颗心瞬间提到了嗓子眼儿。

主要今天这事吧，责任确实在她。

背后讨论别人八卦本身就已经是件不道德的事情了，她还没做好保密工作被人当场听到，这就比不道德更不道德了那么一点。

好端端的凭空搞这么一出训练，该不会就只是为了整她吧？

她这边正缩着脑袋暗戳戳胡思乱想着，旁边的李子看了眼热辣辣的太阳，抹了把额头的汗，笑了一下：“乔队，你别告诉我今天要训练啊？”

见对方没反应，他嬉笑两声讨价还价：“最近挺太平的，出任务一万次可能都没有一次需要拼命的时候，这大热天的，要不咱改天再训？”

林声偷偷留意乔柏的表情。

果不然，乔柏掀起眼皮扫了李子一眼，面无表情：“要不今天的饭也改天再吃？”

空气陡然凝固。

李子噤声，规规整整地站进队伍，四周陷入一片死寂。

“日常训练，在你那万分之一的危险时刻保命！”

乔柏从李子身上移开视线：“生死关头的时候，不是开个玩笑卖个萌就能搞定，如果有人吃不了苦……”

他顿了顿，目光不经意般掠过林声，两个人的视线在空中对上，好像突然就陷入无声的对峙，谁也不肯先退让。

半晌，他极轻微地勾了勾嘴角，明晃晃的笑意落在林声眼里莫名有点恐怖。

他略一低头，神色冷然：“趁早走人。”

这话明显就是说给她听的。

林声冷笑一声，用力抠了抠掌心。

“李子！”

“到！”

“不想训练？”

李子其实刚才也就随口打个哈哈，没想到真撞队长枪口上了，这次老实站得端端正正：“报告队长，没有。”

“好。”乔柏侧过头，在队伍里随意扫了一圈，“林声出列！”

林声：“到。”就知道你不会放过我。

“擒拿格斗训练。”他侧头看她，嘴角一挑，“我看你平时挺闲的。”

得，这是要报背后议论他的仇！

也没给她开口的机会，他看向李子：“打赢她你今天就可以不用训练了。”

李子默默地看了看五大三粗的自己，再看看对面都没自己体积一半大的小姑娘，又是挠头又是皱眉，一副不忍心的样子：“这……乔队，我还是训……”

“怎么样，林声？”乔柏根本没理他，直接回头看向她，一脸“你不是很能耐吗”的样子。

她被激起了脾气，脖子一梗：“没问题！”

乔柏淡淡地“嗯”了一声，再补了一句：“如果今天训练不合格，我希望你主动申请调去后勤。”

林声蓦地抬眼，定定地看他。

原来在这儿等着呢。

不就是存心挑事儿想把她赶出去吗？

她心里有底了，随之而来的还有被他激起的一丝薄怒，仰头同他对视良久，然后扬声咬牙：“好。”

她从小被捧在手心里长大，又是军人家庭出身，骨子里就带着与生俱来的傲气。这会儿也是真来了脾气，就这么抬头看着他，目光坦荡磊落，气场浑然天成，浑身上下都透着不服输的桀骜。

两个人对峙许久。

乔柏也冷眼看着她。

分明是一副纯良无害的温和模样，眼底却总透着些野生的光芒气息，五官明艳，嚣张又危险。

看着看着，他心里突然没来由地一阵烦躁。

“剩下人自行组合，”他起身别开眼，对旁边的人喊，“输了的一百个俯卧撑，开始！”

大家纷纷行动起来。

李子体格健壮，往林声旁边一站，整个儿活脱脱就是 XXXL 码与 S 码的鲜明对比。

所以不管林声接受过什么样的训练，表现再怎么优异，单凭力气这一点来说，她断然是没有任何胜算的。

李子不忍心，又不清楚林小妹跟队长之间有什么恩怨纠葛，于是劝着林声去服个软，又给她出主意说等会儿就来个假摔，摔个胳膊崴个脚啥的，再掉两滴眼泪，没准儿队长心一软，这事就过去了。

林声没吭声。

心一软？

不好意思，冰坨子是没有心的。

她起身比了个开始的手势，意思直接开打。

乔柏就站在不远处，背靠着单杠，看着这边的训练情况。

他承认自己是存了私心想把这位疯疯癫癫的关系户弄出去，但也不是真的只凭喜好。

警察这个工作也就听着威风，等真正遇上案子了，随时随地都有可能遭遇危险，各种突发情况防不胜防。倒不是他对女孩子有什么偏见，只不过毕竟男女体格先天有差异，通宵蹲点查案，与各种歹徒玩命，多少男人都吃不消的工作，放到女孩子身上，更是难以应付。

根本不是这位“中二”少女想象中那么风光。

出紧急任务的事情，也不是她撒个娇卖个萌就能过去的事儿。

趁早挫挫这家伙的锐气，让她主动退出或者换岗，也总比以后真的遇到危险再后悔要好得多。

他抬眼看着训练场上一大一小两道身影，眼底带着点审视和打量，半天，皱了皱眉。

李子胜在体力，但林声身体娇小灵活。除却这些年来的训练不说，她以前也没少跟奚凯那帮弟兄对打，再加上她的那些小聪明，懂得什么时候利用身体优势巧妙卸力，什么时候可以借力打力。

几个回合下来，林声也没落下风。

李子一个粗老爷们儿，又不忍心对一小姑娘平白无故下狠手，处处放水。

所以，整体看上去，这场对打还真让林声占了上风。

“林小妹！”李子瞥见乔柏过来，往前两步假借缠臂的动作，凑过去跟她说话，“看见没，乔队过来了，你等会儿……”

林声全部注意力都在训练上，没等他把话说完，下意识一个回身反压，肩背着地，就势前滚翻，直接脱身，起身时正好撞上乔柏冷漠的眼神。

“李子。”乔柏直接移开视线，语气平淡，“一百个俯卧撑。”

李子也知道自己放水的事儿逃不过队长的法眼，二话没说挪了个地儿直接去做俯卧撑了。

“林声。”

乔柏突然回身，一把扣住她的肩膀。

林声反应迅速，单手用力下推，同时身体左转，借力脱身稳住身形，站到他对面，扬了扬下巴。

两个人视线相撞。

乔柏不自觉挑了挑嘴角，半晌，凛声道：

“跟我打。”

林声心里“咯噔”一下，真的跟这家伙打大概会被揍残废吧？可是如果拒绝正好称了他的意，她忽然灵机一动：“乔队，你这是以大欺小恃强凌弱吧？”

“你承认自己弱？”

林声没料想这货还挺会抠字眼，她知道他下一句要说什么，索性抢在他前面替他开口：“歹徒不会因为你弱就不去犯罪对吗？我知道你要说这个。”

“我跟你打，但是你不能限制我的招式，怎么样？反正跟歹徒搏斗时，也没人规定你用擒拿还是散打，降龙十八掌还是九阴白骨爪，对吧？”

乔柏被她把话堵死，正想着这家伙心里又在打什么鬼主意。林声已经上前一步，单脚去卡他的小腿后方，借力将人往后推。

乔柏几乎下意识地别腿错开。

林声勾了勾嘴角，就势从身后踹向他的腿弯，趁机锁住他的脖子。

乔柏也笑了下，真觉得自己高估她了。

这种手法对于力量和身高都不够的她来说根本就不占优势。

他伸手一把抓住她的手臂，屈腿下蹲，低头弯腰，拽住她的手臂只要略一用力就是一个漂亮的过肩摔，她立马会处于绝对的被动地位。

结果——

他拽住她手臂的瞬间，她忽然两只手臂都圈了上来。

甚至，他感觉得到身后人很明显地蹦了一下，然后两只腿也攀上来，生怕被他甩下去，她特意加大了力气，死死抱住他的脖子不撒手，整个人跟树袋熊一样挂在了他背上。

女孩子温热的呼吸蓦地落在耳边。

两个人的举动突然暧昧起来。

乔柏心里一僵，脸颊到耳尖都开始发烫。

趁他分神之际，林声猛地松手跳下来，奸诈一笑：“嘿嘿嘿！”

脱力太突然，乔柏下意识地伸手去捞，结果被她误会成压颈的动作，她弯腰躲过，反过来一手击腹别臂，瞥见他泛红的耳根，还特意要流氓地挠了把他的腹肌。

乔柏猝不及防被摆了一道，被她反手擒住手臂。

“承让啊。”林声松开手，眼角眉梢都是狡黠的得意。

旁边不知道什么时候围拢过来的一群人都开始“啪啪啪”地鼓起了掌。

卑鄙！

乔柏黑着脸直起身体，理了理被她拽脱的T恤，掌心紧攥，小臂因为用力鼓起一道道青筋，半晌咬牙：“上跑道，五公里。”

“好嘞！”

林声知道自己赢得不光彩，但好歹也算从他这里扳回一城，心情大好地冲他扮了个鬼脸，蹦跶着上了跑道。

乔柏拍了拍身上的灰，掀眼看着跑道上欢脱的背影，心里一阵烦躁，踹了脚旁边的垃圾桶，拎起地上的外套直接走人。

3.

程骆过来送报告，跟乔柏撞了个正着，刚想把东西递给乔柏直接走人，结果他却好像没看见她一样，阴沉着脸色，用力推了一把门，因为力度太大撞到墙上后又弹了回来，发出了不小的动静。

程骆不由得多看了他两眼。

“精神鉴定结果出来了，”她把手里的资料放到办公桌上，“没有任何精神方面的问题，可以确定，之前的情绪失常自虐都是为了逃避制裁。”

乔柏回神，脸色有一瞬间的不自然，又很快恢复。

“案子可以结了。”

他坐在椅子上，随手翻了两页，也不知道是在说凶手还是说别的谁，自顾自嘀咕：“就是个疯子！”

“所以说，活人可比死人复杂多了。”

程骆要笑不笑地接了句话，伸手拢了拢身上的白大褂，活动活动筋骨，在他对面坐下来。

乔柏自觉刚才有些失态，他吸一口气敛了脾气，在旁边接了杯水推过去，弯腰的时候看到她脖子后边压出来的红印。

“昨晚又在那儿过夜了？”

程骆是队里唯一的女法医，专业技术出神入化，脾气，呃……高贵冷艳，为了躲避妈妈的催婚，时不时在停尸间过夜的事情已经是众所周知的秘密。

可惜的是，女神级别的程骆情感完全空缺。

除了乔柏以外，她极少跟人搭话。相比起交朋友或者谈恋爱，她宁愿待在停尸房里做解剖。按照她的话说，就是“死人诚实，没那么多弯弯绕绕，比活人更好相处”。

久而久之，她也就成了名副其实只可远观的“女神”。

“你真打算跟尸体这么待一辈子？”乔柏问她。

“不好吗？”程骆喝了口水，反问道。

语气坚定得不行。

乔柏有时候真不知道她到底在固执个什么劲儿。

他没来由地又想到那个疯子。

还是说，女生都是这么犟？

他掌心一收，侧过头去瞟了眼窗外。

正值中午，明晃晃的太阳刺得人眼睛生疼，外面的树叶都被晒得耷拉下来……五公里，也不知道那货有没有晒死在训练场上。

心里那股燥意又升腾起来。

“你在我这儿睡会儿！”乔柏从抽屉里拿出里间休息室的钥匙丢给她，然后大步朝外走，“我去训练场看看！”

走到一半，他又觉得莫名有点儿突兀，看到不远处正牵着一只警犬往回走的老唐。

“大黑，”乔柏收住脚步，单膝着地蹲下身，“过来！”

老唐笑，两个人老远打了个招呼，然后他低头解开牵引绳，一只立起来能有半人高的黑色警犬立马狂奔过来，然后叼着牵引绳递到乔柏手上。

乔柏摸了摸大黑的脑袋，起身往前边走。

训练场上。

林声跑得还挺嗨，她来这里没多久，但是性子活泼跳脱，跟大家关系都搞得不错，今天摆了乔柏的那一道更是让大家叹为观止。

这会儿被罚跑，前前后后竟然还跟了几个迷弟陪跑。李子本来就觉得自己要小心思害了林声，心里内疚，更是鞍前马后递了毛巾又送水。

训练场上一堆人都凑在她跟前。

这阵仗，知道的是罚跑，不知道的还以为皇帝要出巡了呢！

他早就该猜到，这家伙笼络人心的手段多着呢，小小年纪跟个邪教头子似的。

林声没留意到身后的视线，顺着跑道一圈一圈继续跑着，时不时抬手擦一把额角的汗。有人看不下去，还试着劝她偷个懒休息一下，她喘着粗气直接拒绝。

她这人是善用小聪明，但今天跟乔柏对打的事，也确实用了不光彩的手段，认罚。

太阳暴晒。

乔柏看着跑道上的影子，收回视线敛了神，很浅淡地弯了弯嘴角。

手里的大黑却忽然激动地吠了一声，朝林声的方向冲了过去。

“大黑！”乔柏冷喝一声，下意识地追过去拽牵引绳。

林声只听见狗吠，再一抬头，一道黑影已经以迅雷不及掩耳之势扑过来。

由于大黑出现得实在太突然，大家一时都没反应过来。

林声本能地“啊”了一声就已经被扑倒在地。

乔柏想到她平时嚣张的样子，再看到她现在被吓到，也知道大黑不会真的攻击她，想着能借机吓吓她，给她一点教训，心里忽然莫名有些畅快起来。

他刻意收了步子，背着手不急不缓地走过去。

林声半躺在地上，被大黑的热情搞了个措手不及，又是用爪子拍又是用舌头舔的，她本来也累得不行，索性就这么赖在地上瘫了会儿。

顿了会儿，一睁眼才看见站在旁边似笑非笑的乔柏。她一下子就明白过来，翻了个身从狗爪子下爬起来，一下一下摸着大黑的脑袋，大黑也收敛了点儿刚才的热情，蹭着她的膝盖任她给自己顺毛。

“怎么样乔队？”她看也不看他一眼，“看我被吓到很爽吗？用大狗欺负小女生很有成就感？”

乔柏：“……”

“真乖。”她起身摸了摸大黑的脑袋，然后从旁边拎了一瓶水喝了两口，“以前听说狗永远是狗，人就不一定，今天还真是见识了，有个词叫什么冠什么兽来着？”

“衣冠禽兽！”李子脱口而出抢答。

乔柏转过头冷冷地看了李子一眼，他立马又闭上嘴。

“李子你很厉害嘛！”林声冲他笑了下，然后转头直接往训练场出口处走，背对着他们挥了挥手，“乔队利用警犬恐吓队员，剩下的两圈就抵啦，拜拜！”

李子等人相互交换了个眼神，也没敢看自家老大的脸色，相互推搡着迅速撤离现场。

乔柏扫了眼他们，再看看远处蹦蹦跳跳的背影，脸色阴沉得厉害。

成！能耐！

第三章

Chapter Three

哎呀，我可真是个小机灵鬼！

1.

周末。

林声终于不用看见队长那张臭脸，一夜好眠。她捂着被子睡了个大懒觉，把约了陶桃的事情彻底抛到了脑后，连电话响了好几遍都没听见。

最后还是门铃和着拍门声一直疯吵，她实在忍不下去了，才眯着眼睛一路裹着被子拖拖拉拉过去开了门。

“天哪！”

陶桃刚从外面的热浪里进来，被她屋内的冷气一激，胳膊上立马起了一层鸡皮疙瘩，她看了眼空调温度：“声声，你是打算把自己冻死在这儿吧？”

林声睡得稀里糊涂，现在还处在半迷糊的梦游状态，根本没听进去她说了什么，胡乱地“嗯”了一声，又把自己摔进床上打了个滚儿，整个人钻进被子里缠得跟一只蛹一样。

陶桃跟个老妈子一样叹了口气，然后到处去找空调遥控器：“我终于知道你为什么非吵着要搬出来了！”

“叮——”

她把温度调到正常。

“裹着棉被吹空调，”她看了眼掉在地板上的薯片和奶茶，放遥控器的时候手撞到电脑键盘，没关机的电脑从休眠状态恢复，屏幕上还是游戏登录状态，“吃垃圾食品，熬夜打游戏，看恐怖小说……还说什么长大了要独立？老爷子要是知道不得揍死你，你爸爸肯定打死也不会同意你搬出来的！”

这家伙搬出来以后的状态就一个字：浪！

“太阳晒屁股了！声声你还不起来？”陶桃踹了床上的“蚕蛹”一脚，“我帮你买早餐了，快起来吃点儿东西！”

林声还没睡醒，只听见陶桃跟教导主任似的在她耳边唠叨，迷迷糊糊好像又看见乔柏那张挑事的臭脸。她胡乱皱了皱眉，裹着被子往床里边滚了一圈，离陶桃远了些继续睡，还不忘含混不清地抱怨了句：“陶桃你什么时候变得跟乔柏一样烦人了？”

“谁？”陶桃没听清楚，一边帮她关了电脑，把桌子上乱七八糟的东西分类整理好，一边扯她的被子。

林声意识混乱，正梦见乔柏冷着脸训她的事情，就被陶桃从床上提溜起来。

林声顶着一头乱毛迷迷糊糊坐起来，发了三分钟呆，还有点魂不附体的感觉。

回过神来后，她才长长地叹了口气，有点同情自己。

这得是被他荼毒多深啊。

一个小时后，两个人坐在商场的咖啡店里，铺天盖地的冷气也压不住林声的火。

陶桃听着她对自家队长的疯狂吐槽，“啧啧”了两声，有点不相信：“所以，声声，你是觉得他在刻意针对你？”

难道不是吗？

林声愤愤地把纸巾揉成一团，用力点了点头。

“人家好歹是一队之长，犯得着针对你一个新来的小姑娘？”陶桃不是很明白。

“哎，小陶子你怎么胳膊肘还往外拐啊？”林声不满道，“你替谁说话呢？”

陶桃立马笑了两声回话：“帮你，帮你，不过听你说这情况，你确定不是什么时候得罪过他？”

得罪他？

“不可能！”林声几乎脱口而出，但是介于陶桃的眼神太过认真，她忍不住又仔细想了想，没怎么有底气地压低了声音，“……吧？”

不可能吧？

她之前也没跟他打过交道啊，除了入职那天帮他抓了个劫匪以外。

可这是在帮他啊！

难道是因为她抢了他的功劳？

影响了他要帅逞威风？

陶桃点的布丁送了上来，她用勺子舀了一块递到林声的嘴边：“或者你想想，你平时做什么事情的时候他就会特别愤怒或者特别针对你？”

林声一口咬掉布丁，撇了撇嘴，一脸委屈巴巴：“我做什么事情他都会很愤怒，根本就是无脑针对好不好，看见我就恨不得打我一顿，难不成是因为我太可爱了？”

她想了下：“难不成他嫉妒我的美貌？”

陶桃大呼一声：“那就还有一种可能！”

“什么？”

“你知道吧，男生发育比女生要迟缓很多，有些男的呢，看着五大三粗高高壮壮的，但事实上，他的心理年龄可能只有十来岁。”

林声不知道她想说什么，总之乔柏那人最多就是个性冷淡，也不像是十来岁的人吧？

“十来岁的男孩子有什么特征呢？”陶桃一脸认真，又有点神秘兮兮，“为了引起喜欢的女生的注意，就特别喜欢欺负她……”

“停停停！”

林声立马止住她的话。

乔柏哎，大哥！

他那种人，心智怕是已经成熟到七八十岁的程度了好吧。

林声对陶桃这种少女心脑洞表示很是嫌弃，她蔫兮兮地趴在桌子上，转过头看向窗外。

蓝天白云绿树红花……后边是一对正互相喂着关东煮的小情侣，她鬼使神差地把乔柏往男生身上代入了一下。

咦……

她很嫌弃地努了努嘴。

画面实在太美恕她脑补无能。

“那你要不然回来呗？”陶桃也帮林声出不了什么主意了，吃了一大口布丁，腮帮子鼓鼓的，“反正你一个女孩子做这个工作本来就……”

“我不！”陶桃话没说完就遭到了林声的坚决反对，想到乔柏那种鄙夷的眼神她就烦。

“就冲着他讨厌我这一点，我也要留下来，警队又不是他家的，我也没做错什么事，凭什么我就非要走？他不是恶心我吗？我偏要黏在他眼里，恶心死他！”她说完觉得不过瘾，还恨恨地把勺子往盘子里一丢。

陶桃：“……”还真够拼的。

林声正想着对付乔柏的方法，手机一抖，是奚凯发来的微信，问她们到哪儿了。

说起这个，她忽然一惊。

差点忘了一件大事。

上次奚老板给了她那么多好吃好喝的，就是为了让她帮忙再给他和陶桃之间加一把火来着。

这不，马上要到七夕了。

奚老板想给未来老板娘买礼物，但是他一个糙汉子又怕买的东西太直男，昨晚特意给她发微信让她跟着一起来商场，就是为了帮忙打探下陶桃最近想要什么东西，他好背地里买了给陶桃做礼物。

结果呢？

她今天的时间全用来吐槽乔柏了。

阿弥陀佛罪过罪过。

“陶桃，陶桃，逛街去！”

林声回完消息收了手机，立马提着包起身，风风火火地拖着陶桃往外面走。

陶桃一脸无语。

明明上一秒还没精打采愤世嫉俗，下一秒忽然就跟打了鸡血一样。

女人啊，你的名字叫善变。

2.

临近七夕，不少店铺都在做活动，商场里热闹得紧。

林声拖着陶桃在女装区随随便便转了一会儿，就接到奚凯的电话说他已经到了，问她们在几楼。

两个没有方向感的人跟他描述了半天具体位置，也没说清楚，于是决定直接走电梯去一楼找他。

楼下人也不少。

入口左侧搭了个简易小摊，几个导购扯着嗓子喊着反季大促销棉衣大甩卖之类的话，见人就往里边拽。

林声刚瞥到奚凯，整个人就被拽了进去：“美女随便看一看啊，有喜欢的可以试试，优惠力度特别大……”

哎哟喂，我不买花棉袄啊！

奚凯幸灾乐祸地冲林声挤眉弄眼，然后低头跟陶桃说了两句什么，直接就把人带走了。临走前，他还不忘回头跟林声比了个口型：“别当电灯泡！”

林声：“……”

昨晚在微信上还说得可怜巴巴有模有样的。

说什么要她帮忙打探陶桃想要什么，就是怕他约不出来人，所以利用她把陶桃约出来呗！

见色忘友，过河拆桥，臭不要脸。

说是这么说，但她也没有真的那么不讲义气上去做电灯泡，随便应付了两句摆脱了身边那位强烈跟她推销花棉袄的阿姨，转身往卖金银首饰的柜台去。

为什么？

因为那里人少一点儿啊。

不知道为什么，这么悲惨的时刻她竟然还能分神想起奚老板以前跟她讲过的奢侈品和必需品的需求弹性问题。

像乔柏那样的就是奢侈品吧？

还是顶级那种，顶级奢侈品，简称“极品”。

一般人还真驾驭不了。

她边走边胡思乱想，也不知道该同情他未来的女朋友呢还是该佩服呢？

正想着，旁边忽然闪过一道身影。

有点熟悉。

林声差点以为自己思虑过度出现幻觉了，下意识地揉了揉眼睛。

就在两米之外柜台边的柱子后，标志性的大长腿，笔挺的身形，线条流畅的小臂，紧绷的下颌，以及再熟悉不过的冰冷到苛刻的表情。

这不是极品……

啊呸！乔队吗？

他紧贴着身后的墙壁尽量把自己藏在角落，难得一副如临大敌的样子，时不时侧头往外看两眼，似乎在躲什么人。

嘿？

这世界上还有他害怕的东西？

林声来了兴趣，狡诈一笑，悄咪咪地从后边凑过去，顺着他的视线看到不远处正四处张望的女生。

大波浪，大红唇，恨天高，V 领大红裙。

啧啧啧。

林声蹦了一下，刚抬手准备拍乔柏的肩膀，乔柏有预感似的忽然回头，一眼看到身后的林声，几乎本能地蹙了蹙眉。

脸上的表情可以说是……一言难尽。

这是个什么意思？

林声心里一下子就不乐意了。

但是，她也没有直接表现出来，只是不动声色地瞟了一眼不远处那抹大红色身影，然后回过头来扬着嘴角冲他嘻嘻笑。

乔柏顿时头皮发麻，心里有种不好的预感。

果然——

她突然扬声冲着外面高叫：“呀，乔队，好巧啊！”声音足足比平时高了两倍，生怕别人听不到一样。

乔柏：“闭嘴！”

他躲着韦奕，又不敢大声，只好压低声音冷着脸用眼神恐吓林声，一脸“你再喊一句信不信我弄死你”的样子。

林声不吃这一套，她直接装瞎，继续咋呼：“呀，乔队你怎么在这里？乔队你累不累，饿不饿，你是不是来买钻戒的呀？好事将近啊？”

乔柏：“……”好事将近个屁！

他憋着一肚子火，偏偏又不好发作。

说起这个就烦。

他一大早刚从房间出来，一眼就看到老爷子跟韦奕坐在院子里又是下棋又是喝茶的，好不乐呵。

他平时躲那个疯女人都躲不及，爷爷倒好，直接把人给带家里来，还一副对准孙媳的态度。见他起来，二话不说推着俩人就往外走，直接喊了个出租车将人带来商场，说是什么“联络联络感情”。

他好不容易才支开韦奕一小会儿，立马趁机溜走，没想到刚避开一个，又撞见一个。

他也是头大。

3.

林声难得见他这么狼狈的样子，那叫一个身心舒爽。

“乔队啊。”她笑吟吟地喊他。

乔柏懒得看她一脸小人得志的样子，偏头看了眼还在找他的韦奕，满脸不耐烦：“说。”

“嘿嘿嘿——”她也顺着他的视线看了眼正疯狂找人的小姐姐，然后压低了声音，试图跟他谈判，“其实吧，我有办法帮你解决掉她，不过，我有一个条件。”

乔柏：呵呵。

他就知道这家伙心思从来就没简单过，想也不想：“不行。”

“你确定吗乔队，很简单的，”林声不死心，继续说，“反正我也没得罪你嘛，这个条件就是我们和好。也算不上和好，就是你以后不要再针对我了就行，你做你的大队长，我做我的小警员，咱们互不相干……”

她絮絮叨叨地说着。

乔柏根本懒得听她说话，已经自顾自瞅准时机，准备从这里直接溜到大门口走人。

结果，刚迈出步子。

“乔柏！”

韦奕听到声音回头往这个方向看了一眼，乔柏立马又收回步子，忍无可忍地转头看向林声：“你再喊句试试！”

林声眨巴着大眼睛看了看他，露出一脸天真无辜的表情，很听话地再扬了扬声音，语速飞快：“那位穿红裙子的小姐姐，你男朋友在这里帮你买钻——”

“戒”字还没出口。

乔柏没忍住爆了句粗口，情急之下，一把拽住她的衣领将人捂住嘴扯了进来。

柜台旁，墙壁与广告牌之间，很狭小的空间，突然拉近的距离，掌心柔软温热的触感。

一瞬间的尴尬。

乔柏反应过来，立马抽回手，一把将人推开，不自然地压着嗓子咳了一声，然后故作淡定地移开目光：“你安分点儿！”

猝不及防被推开的林声：有必要吗？我又不是什么巨型病毒！

不过——

她稍微一想，忽然瞪大眼睛，她好像发现了一个秘密。

“嘿嘿嘿……”林声故意把脑袋凑过去。

乔柏现在只要听到她这种笑，就觉得头皮发麻，比被一百个穷凶极恶的歹徒团团围住还恐怖。

他不由得又往里边挪了点儿，柜台与墙壁之间，不过一点儿小小的空间，还真是委屈了他那双大长腿。

“你站好。”

林声看着他泛红的耳尖，又凑过去了一点儿，笑：“我就不！”

乔柏：“……”

“乔队，你是不是，”她酝酿了一下，直勾勾地看着他，眼底全是戏谑，“有恐女症啊？”

上次训练，她就往他背上趴了一下，再不济，也就拧了把他的腰腹呗。

他又是分神又是脸红的。

这次又是，不过离他近了那么一点点，他真的是整个人从头到尾都在抗拒，而且又脸红了！

堂堂警队队长，恐女？

林声觉得自己掌控了他的软肋。

乔柏深深吸了一口气，他真的不知道这家伙脑子里成天都在想什么鬼东西。

“林声，”他站直身子，怒气一触即发，“我警告你，最好端正你的态度。”

啧啧啧。

真无趣。

林声现在反正已经掌握了他的软肋，更不怕他冷言冷语的威胁，反倒起了逗弄他的心思。

她笑得像个女流氓，刚想伸手去够乔柏的下巴，乔柏偏头躲开，一巴掌盖在她脑袋上。

林声猝不及防被推开，脚步一个踉跄，下意识就往前边抓。

“乔柏？”

韦奕察觉动静走过来，一眼就看到一个女生往乔柏怀里扑过去，而这个平日里对她冷冷淡淡的男人正摸着怀里女生的脑袋，她火气一下子就上来了。

林声回身稳住身形，看到韦奕眼底的怒火，只不过只有一瞬间，韦奕很快粉饰过去，换上了一副楚楚可怜的模样，柔了声音：“乔柏，我等你好半天了，你在这里干什么？”

声音嗲兮兮的。

林声一阵恶寒。

不等乔柏出声，韦奕侧过身正对着林声，刚才嗲兮兮的语气瞬间消失，取而代之的是满满的鄙视和不屑。

林声：“……”小丫头片子还两副面孔呢！

“你是乔柏的朋友？”韦奕一脸高贵冷艳地打量林声一番，也没给她开口的机会，自己先自报家门，“你好，先自我介绍一下，我是乔柏的……”

她刻意顿了顿，偏过头去含情脉脉地看了眼乔柏，笑得深意满满：“好朋友，我叫韦奕，以后有时间请你去家里吃饭。”

啧啧啧。

好朋友？家里？

潜台词就是“这个人是我的，识趣的话你趁早躲远点不然老娘弄死你”。

林声想到唐安跟她“科普”过的韦奕一心追乔柏的那些戏码，又想到奚凯“中二”时期跟前女友的恩怨纠葛。

嗯……

女人的战斗力也不容小觑。

林声悄咪咪地扫了眼身边的乔柏，忽然灵机一动，要不，借力打力？

他不是怕被纠缠吗？那不如借机给他制造点儿小误会小麻烦什么的，他忙着应付面前这位，不就没心思再针对她了？

哎呀，我可真是个小机灵鬼！

“你好，”林声伸手，不动声色地往乔柏身边靠了点，使出浑身力气尽可能笑得暧昧一点，“我是——”

“不是说想喝奶茶吗？”

林声的话没来得及说完就被人打断，肩头一重，她下意识地抬头看过去，就这么对上乔柏带着笑意的眼神，还有那么一点点……宠宠……宠溺？

她嘴角一阵抽搐。

这也太惊悚了吧？

乔柏早就把林声的小心思看了个透，心里冷笑一声，面上却笑得温和，很自然地抬手钩住她的肩膀，略一用力，将人半拥在怀里，然后抬眼看向韦奕：“刚刚在这边碰到声声。”

什么鬼？声声？

可别恶心我了好吗？

林声吞了口唾沫，还没从震惊中回过神。身边人轻笑一声，不动声色地压住她刚有所动作的手肘，轻笑一声：“抱歉韦小姐，不能送你回去了，我爷爷不了解情况，我替他跟你道个歉，他那边我晚点也会解释清楚。”

林声瞪大了眼睛：“？”

看不出来您戏还挺多啊！

韦奕也顾不上一直装着的淑女风度了，一脸不可置信地看向乔柏。

朋友都说她攻不下这个住在神坛上的男人，但是她不死心，死缠烂打无果后又从老爷子那里下手，以为总算有点成效了，哪想到今天撞到这一出。

可面前男人分明一副“不好意思女朋友闹”的抱歉模样。

韦奕一张小脸又红又白，又不好发作，只能把火气撒在林声身上，恨恨地盯着林声。

林声被乔柏从背后压着胳膊肘，还沉浸在被他反将一军的震惊中，突然感觉到一阵凉飕飕的冷意。

她转过头，就看见韦奕那双通红得仿佛要吃人一样的眼。

哎，我不是，我没有，你听我解释……

乔柏根本没有给林声吭声的机会，直接钩着林声的脖子往外走，林声看着韦奕对着她一副咬牙切齿的模样。

得，偷鸡不成蚀把米。

林声气不过，咬牙用力去掰肩膀上的手，无果后又转移目标抬脚去攻击他下盘。

乔柏早有防备，侧身躲开，换了只手轻易将她两只手臂叠在一起单手控制住。

于是，光天化日众目睽睽之下，林声就这么被以押罪犯的姿势拎了一路。

君子报仇十年不晚。

她好话说尽求放过，但是心里在“仇恨小本本”上给乔柏恨恨记了一大笔。

第四章

Chapter Four

毕竟我马上就要开始追你了，
不是自己人吗？

1.

自商场事件之后，林声和乔柏都安分了好一阵，两个人之间的气氛似乎也没有原来那么剑拔弩张了。

乔柏是因为被派去参加全国公安刑侦部门视频侦查论坛，没工夫搭理林声。

林声则是因为分神担心韦奕上门找她这个“情敌”的麻烦，另一方面也是因为上次吃了亏，不敢再轻易折腾，只好先在心里酝酿着大计划。

只不过话说回来，现在没了韦奕每天早上送来的花样早餐，唐安早上都是有一顿没一顿的，林声也没办法再从唐安那里偷面包吃了。

想想还有点不习惯呢。

“哎，小唐子！”

林声整理完资料，从办公桌上爬起来，咂咂有点“寂寞”的嘴巴，有点想念韦奕的抹茶面包了：“你知道之前那个韦奕给乔队送的面包是在哪儿买的吗？”

“啊？”唐安点着鼠标，噼里啪啦在屏幕上敲着什么，“附近没有吧？听说是在什么私人订制手工蛋糕店，我也不是很清楚。”

好吧。

林声舔了舔嘴角，只好去冲了杯速溶咖啡，然后拉了把椅子坐在唐安旁边，两只手撑着脑袋，不死心道：“除了韦奕，就没有别的女生追乔队了吗？”没有别的女生来送个早餐什么的吗？

唐安倒腾着他的电脑程序，头也不抬：“有啊，有不少人问我要过乔队的微信，上次去查一个明星的案子，就有什么小网红啊小助理啊过来打探消息，还有结案之后有记者联系要做什么人物专访啊的，也要过联系方式……”

“然后呢？”没来送个爱心早餐什么的吗？

“然后，”唐安挠了挠头，“就没有然后了啊，咱们乔队你又不是不知道，冷得跟……”

他话没说出口，做贼心虚地往四周瞄了两眼，抿了抿嘴：“反正就是没那些心思啊。”

也对。

不过，根据上次的情况来看，他也不恐女啊。

颜值在线，身材绝佳，工作体面，家庭条件……看不出来，但至少也不算差吧？

林声抿了口咖啡。

怎么就没有个女朋友呢？难不成有什么情伤？

她脑洞大开，分分钟在脑子里给乔柏脑补了一出七十集偶像剧。

主要是天下太平，她入职以来也没有经手什么大案子，现在连乔柏也不挑事了，她每天就只看看之前的案宗，整理整理资料什么的。

闲来无事就想打探打探乔柏的八卦。

所谓知己知彼百战不殆。

“所以乔队一直单身？”林声又问了句。

唐安点了点头。

“唐安，”李子忽地笑了一声，凑过来，“你怎么还跟林小妹隐瞒事实呢，你怎么不说程骆啊？”

林声疑惑：“程骆？”

“你别听他胡说！”唐安突然涨红了脸，扭头冲着李子喊，“你再说我揍你信不信？”

“怎么叫乱说了，程骆是你女神就不能是乔队女神了？”李子不服气地说，转过椅子对着林声，“林小妹，我跟你说，你要想追乔队的话，韦奕那儿都不算什么，程骆才是你的头号情敌。你打听打听，谁不知道，乔队对程骆是一等一的好！”

“别的不说，”他别过头冲其他人问，“我就问你们，吃过乔队亲手买

的早餐吗？睡过乔队的休息室吗？开过乔队的车吗？”

大家纷纷摇头。

那是，想都不敢想啊。

“程骆吃过，睡过，开过！”

李子嗓门儿大，说话还时不时打个响指拍个桌子，搞得跟说相声似的。

林声一下子就对这个程骆来了兴趣，甚至都没去纠正李子说她要追乔柏的这个事。

“所以，”她咬着吸管，“程骆是谁？”

过来打印东西的陈韬笑了一声，接过话头：“你最好祈祷别跟程骆打交道。”

“为什么？”

“因为——”

“咚咚咚！”

面前出现一只骨节分明的手，屈指叩了叩桌子。

乔柏不知道什么时候回来的，衣服都还没来得及换，他扫了所有人一眼，冷声道：“来案子了。”

一语毕，刚才闹哄哄的气氛陡然散去，大家纷纷收拾东西起身。

陈韬还冲她耸了耸肩，递了个眼色，然后比着口型，接完刚才那句话：

因为——但凡法医出现场，多有命案。

林声入队之前早就做好了准备，但是听到“命案”两个字的时候，心里还是一颤。

她点了点头，跟着大家往外走。

临出门的时候，林声被乔柏拽了一把，还是以往高高在上带点儿威胁的冰冷语调：“你最好收起你的那些小心思。”

林声愣了下，忽然瞥到他耳尖的红色，回想了一下刚才那会儿跟唐安、李子他们的聊天内容，也不知道他听进去了多少。

是说最好收起要追他的小心思，还是说最好收起打探程骆的小心思？

她略微想了一下，算了不重要，反正反着来就是。

她很是敷衍地用手挤了挤自己的嘴角，勉强算是微笑，说出口的话却很是欠揍：“我就不！”

乔柏剜了她一眼，抬脚绕开她自顾自走到前边去。

文昊死了。

就是林声和乔柏上次在劫匪手里救下的小男孩。

案发现场就在他家里。

独栋的小公寓，现场一片狼藉，客厅和卧室的东西都被翻过，地上乱七八糟，家里值钱的东西几乎被洗劫一空。

门锁完好，但窗户玻璃打得稀碎。

林声赶过去的时候，李子已经开始在跟受害者家属了解情况。

是上次在抢劫现场的中年男子，文昊的父亲陈恺远。

他坐在沙发上一脸沉痛，红着眼角声音哽咽："都怪我。早上八点的时候，我陪父亲去医院复检，他心脏不好，所以我特别注重他体检的事情，上次查出问题医生交代了我这周带他去复检，我还特意推掉了上午的会议……"

他自责又懊恼，情绪难以自控，伸手捶了捶自己的脑袋："现在想一想，其实晚一天也不会有什么事，我要是早上留在家里，或者晚走一会儿也好啊，昊昊就不会发生这种事情了！"

他情绪一度崩溃，断断续续说着："不就是要钱吗？要多少我都给，只要能放过我儿子！用我的命去换也成啊！"

旁边的秘书递了手帕，对李子说："陈总一向疼爱儿子，太太离世后更是把他捧在了手心，现在老爷子还病着，公司积了一大堆事情，再碰上现在这情况，真的很受刺激。"

李子不太会安慰人，摸了摸耳朵，点头看着旁边人认真地道："您放心，我们肯定会查清楚的。"

"肯定是上次那个劫匪的同伙干的！"陈恺远突然愤怒地喊道。

"麻烦把事情经过再跟我说说。"李子道。

陈恺远双手捧脸，颓然地瘫下去，回忆起早上的事情："早上八点半，我带老爷子去医院，做完体检九点多，我们去找医生看结果，然后我才发现落了份上次体检的报告图，我就开车回来取。"

"差不多十点的时候回来，我刚停车就看到有一道人影疯狂跑出去，我顾着昊昊在家，也来不及追他，先跑回家里，结果就……"他几乎颤抖着哭出声，“对了，他右脸有道疤，他穿的黑色衣服，跑的时候帽子下边露出来了一点儿，你们可以根据这个线索查！”

“监控！”他忽然激动着要站起来，双腿一软又坐回去，只好忙着挥手臂，“监控！门口有监控！”

他转过头去指挥旁边的秘书：“你去调监控，警察同志，你们一定要查出来害我儿子的凶手。作为被害人家属，我强烈要求彻查到底，我得看着你们把这王八蛋绳之以法。”

李子安抚他：“您别激动，我现在先了解情况，监控我同事已经过去查了，你放心。”

“我怎么能放心啊，我就这一个儿子！”

男人声音哽咽，听得人心里很不是滋味。

2.

林声也是第一次出命案现场，以前所有对案件的热情和向往，在残忍血腥的现实面前都变成了愤怒和悲恸。

她过去安慰了两句，转过身的时候下意识地扫了眼乔柏。

他没什么表情，自顾自低头盘查现场的痕迹，似乎并不受任何人的情绪干扰。

“乔队？”

听到林声喊他，站在窗户边的乔柏才收回视线转过头：“说。”

林声：“……”

她刚想问他都不去安抚一下受害者家属吗，撞上他冷冰冰的语气，瞬间没了心思，一阵无语。

这人真是冰碴做的。

“看出什么了？”林声没好气地问。

“你呢？”乔柏也没看她，低头打开电视柜翻看，“看出什么了？”

林声：“……”

就这么点儿时间，能看出多少？

她跟在他屁股后边随手翻了下他看过的东西。

柜子里原本放着相机的盒子已经空了，旁边一些零碎的照片也被翻得到处都是，桌上放着一家三口的合照，看上去幸福美满。

只不过以后恐怕就只是勾起人伤心事的东西了。

乔柏拿起来看了看，林声以为他至少要感慨两句，结果他一句话没说，又放了回去。

林声跟在他后边，把相框倒扣下去。

乔柏察觉到她的视线，还有不知道为什么冒出来的莫名怨气，回头看了她一眼，她别开头也不看他。

他再往前走，她又立马跟上去。

乔柏又看了她一眼，她再次转过头。

乔柏：“……”

他一转身，往旁边的卧室方向走去，林声小跑两步又追上去。

她虽然看不惯乔柏这副高高在上毫无人情味儿的样子，但案子还是想查的，她没有经验，当然最好的办法就是跟着乔柏，不放过任何蛛丝马迹。

她刚抬腿跟了两步路，走在前边的身影却忽地停下来，她一没留神差点迎面撞上去。

一直暗戳戳计划着偷师的林声顿时有点心虚，自己先倒打一耙："你干什么？"

乔柏面无表情："里边是尸体。"

尸体就尸体，谁还没见过尸体啊？

林声仰着头不服气道："只准你查案，不准我查？"

乔柏顿了三秒，一句话不说，转过头进去了。

扑面而来的是空调冷气里裹挟而来的浓烈血腥味。

即便早已经做好了心理准备，林声还是没忍住干呕了一声。她还不忘侧头看了眼身边的乔柏，他薄唇紧抿，动作熟稔地戴上手套，屈膝蹲下身低头查看尸体。

遇害者只有三四岁，双目紧闭，一张小脸惨白，头发散乱，身上有不同程度的损伤，白色的T恤已经被血浸透，周围地板上还渗着很大一摊血渍。

她就看了这一眼，胸中翻涌，没再敢看下去。

旁边人似乎冷嗤了一声。

她被激怒，一咬牙也从旁边拿了双手套戴上，学着乔柏的样子走过去蹲下。

只不过心理建设抵不过本能的生理反应。她刚一低头，胃里一阵翻腾，喉咙一紧，立马捂住嘴巴后退两步，撞上从外边进来的人。

黑色衬衫阔腿裤，外面套着白大褂，头发全部扎到脑后，利落干练，面上没什么表情，眼底无波无澜。

两个人对视一眼。

她突然就知道这是谁了——

程骆。

程骆身上有种跟乔柏一模一样的气场，冰冷理智，不沾人间烟火味道的那种清冷，丢在人群里一眼就能看出来。

短短半分钟时间，她在心里已经过了一遍李子他们说的那些话。

所以，物以类聚人以群分，冰碴喜欢冰碴？

她还半捂着嘴，就这么走神了。

“出去！”

一声呵斥。

林声猛地回过神。

乔柏垂眸观察尸体上的伤痕，头也不抬，语气里却带着淡淡的不悦，冷声又重复了一遍：“出去！”

林声没理他，侧头冲程骆点了点头算是打招呼。

对方淡淡地扫了她一眼，没什么反应，直接走过去跟乔柏说话：“死亡时间不超过六个小时，死者手腕有捆绑的痕迹，口腔内有瘀血，额头、脖颈、大腿有多处不同程度的暴力击打痕迹，身体其他部位多处被刺伤，两根肋骨穿透心脏，颈动脉被刺断大出血导致死亡，现场其他 DNA 痕迹还要等进一步检测结果。”

乔柏动了动嘴角。

林声吞了口唾沫，又往跟前挪了点儿，还是想去看看自己能不能有什么新发现，或者多听一些相关内容也是好的。

她稳住身形，结果目光刚落到尸体上，胃里一阵异样，还是没忍住干呕了两声。

乔柏乜斜了她一眼，眼底的不耐烦显而易见，他放下手里的东西起身冲着门口道：“李子进来，换林声出去了解情况。”

“我没事。”林声立马摆手阻止，自知理亏，她也不跟他硬刚，“嘿嘿”笑了两声，“吐一吐就好了，谁不是这么过来的？”

“要吐出去吐，”乔柏冷冷地看着她，无波无澜，“别破坏了现场。”

林声咬牙：“……”

李子拎着小本子已经进来了，看了看乔柏的脸色，又看了看林声，犹豫了一下，还是把小本本递过来：“林小妹，你就出去吧，这种场合你不合适……”

看见林声默默磨牙的动作，他立马又补充道：“要不，下次再换你，你就当作先缓冲缓冲，反正……”

“没有下次。”乔柏直接截了他的话头，绷着嘴角起身看向林声，“了解完情况，回去整理资料。”

又来！无脑针对，就是刻意借机调岗呗。

是可忍孰不可忍。

她不放大招还真被当病猫啊。

“第一，我虽然没有看过尸体，但是你女……”她顿了顿，略带戏谑地笑了下，“程骆刚刚说了，尸体有捆绑以及多处暴力击打的痕迹。一个没有什么反抗能力的小孩儿，就算挣扎也构不成什么威胁，如果只是简单的入室盗窃，他完全可以只把他捆起来或者索性一击毙命，这样不是更方便吗？但是根据现在情况来看，凶手的暴力手段更像是一种发泄。”

乔柏挑了挑眉，不置可否。

林声有点小得意：“第二，虽然现场被翻得很乱，但是乱中带稳，甚至可以说是精准无误。”

她扫了眼乔柏，然后走到门口，用眼神示意了一下客厅。

“一般小偷入户盗窃，重点会关注经常存放现金、手表、首饰这些贵重东西的地方，像床头柜、保险柜之类，特别是临时起意，不确定主人什么时候会突然回来的情况下，大多都是顺走显眼且高价值的东西立马脱身。当然，一般也犯不上动手杀人。”

李子犹豫着点了点头：“也……对。”

“但是，这里被洗劫得也太干净了吧？所有有价值的东西都被带走，如果不是提前踩好点，或者说对主人的习惯很熟悉，那只能说，这家伙搜索能力实在太强。”林声侧过身子，指了指客厅书架后边一个比较隐秘的小柜子，“按照陈先生的说法，早上八点半出发，十点左右回来，一个半小时的时间，杀掉文昊，还要把整个房子地毯式搜索过一遍，连这么隐秘的地方都不放过，如果说是临时起意的话，是不是效率太高了点儿？”

顿了顿，她继续说道：“所以，这应该是预谋性杀人盗窃。”

“第三……”

呃，不好意思，没有第三了。

她挠挠鼻尖，正想着说句什么话才能收住场子，站在旁边的乔柏嗤笑一声：“第三，李子，把东西给她，可以换差事了。”

“我不去！”林声火了，她说了这么半天都白说了啊？

“李子。”

乔柏不管，直接示意李子把本子给她。

“不去！”林声坚持。

两个人对峙，气氛一时间陷入僵持。

李子夹在中间左右为难，他可怜巴巴地看了程骆一眼，希望作为老大女神的她能出面缓和一下气氛。但是很明显，后者双手插在白大褂的衣兜里，全神贯注地盯着尸体，根本没有丁点儿要掺和的意思。

李子崩溃。

原本队里两个冰块也就算了，现在又来个烈性子的，冰火两重天，可是为什么遭罪的总是他啊！

“乔队，”他吞了口口水，小心翼翼地走过去推了推乔柏，“我觉得林小妹的话也不是没有道理，要不然……”

“乔队！”

林声脑子转得飞快，她知道正面肯定刚不过他，更何况他女神在这里，钢铁直男刚要了把威风，要是被她驳了面子岂不是很尴尬？

她想了一分钟立马改变了策略，凑过去放软了态度：“不然这样，我们再赌一把，案子各查各的，要是我还查不出结果，就算你赢，我……”

乔柏冷嗤一声，看透她的小心思：“退出警队？”

哈？

林声一怔。

还不死心啊？

“可以！”她大大方方一挥手，又狡黠一笑，“那如果我比你先查出结果我赢了呢？”

低头整理东西的程骆听到这话，很轻地笑了声。

乔柏等着忙案子的事情，想也不想：“让你留下。”这都是后话，眼下先把这家伙支走再说。

“不！”林声察觉到程骆刚才的轻笑，暗戳戳地瞟了她一眼，然后转了转眼睛，突然凑到乔柏身边，扬了扬声音，狡黠一笑，“如果我赢了，你就让我追你怎么样？”

不入虎穴焉得虎子。

反正论武力她是打不过他，论工作经验她也比不上他，至于智商嘛……

咳咳咳，不重要，反正她这么聪明的人，只要用情商就能把他打败了。

总而言之，从正面她肯定赢不过他，但是她可以利用他情商缺陷的弱点来把他掌握在手里。

他不是喜欢女神吗？

看样子目前是还没追上，说不定告白的话都没说过。

没关系，让她先来把这水搅浑，深入敌方内部，然后在他分神的时候将他一举击败。

反正现在在韦奕眼里她也已经是情敌了。

要是一个不小心假戏真做，这个冰碴被她的人格魅力征服了，到时候蹂躏他岂不是美滋滋？蹂躏完了再一脚踹掉，想起来就爽。

再说，她也有点好奇这位神仙谈起恋爱来是什么样子。

乔柏手里捏着张报纸正出神，半天才反应过来她的话，眯了眯眼睛，侧过头盯着她，太阳穴突突直跳。

“那什么……”林声心虚地移开视线，摸了摸鼻子，在他发火之前猛地转身，拔腿就往外跑，“就这么愉快地决定了哈！”

乔柏站在原地没动，面色阴沉。

“老……老大。”李子感觉到风雨欲来的危险气息，他小心翼翼地瞄了眼老大的表情，挠了挠头试着打圆场，“那个啥，林小妹随口说的，你别往心里去。”

乔柏深深地看了他一眼，也没说话，直接背过身去做事情了。

李子：“……”

他好像越来越摸不透队长了。

3.

事实证明，夸海口是要付出代价的。

凌晨两点钟的时候，林声坐在办公室里又是打哈欠又是流眼泪的，把同一段监控视频反复看了十九遍。

遗憾的是，依然一无所获。

监控前半段一片空白。

开始的时候林声以为是被人为损毁的，拿过去找唐安恢复。

唐安研究了一下，发现根本没有任何病毒入侵或者其他损毁痕迹，应该是摄像头被气球或者塑料袋之类的东西遮住了。

好在视频后半段的时候，似乎起了风，遮挡物被摇摇晃晃地吹开，确实拍到了陈恺远中途回家时看到的那道身影。

视频里的人穿了件黑色的连帽衫，口罩、墨镜将脸遮得严严实实，根本看不清楚，但可以确定的是，他弓着身子怀里抱着东西往外走。

画面放大后，可以看见衣角下露出来的半截鼠标线，通过画面截取到的 logo 标记，基本可以确定是陈恺远书房里的那台外星人笔记本电脑配套鼠标。

至少确定这个人就是杀人劫财的凶手。

可是，单有这一点好像也没什么大的作用。

现场指纹痕迹鉴定也还没有结果。

海安市这么大，仅凭一道身影去查无异于大海捞针。

林声揉了揉太阳穴，往后瘫坐在椅子上。

她总觉得这次的事情跟之前的抢劫案有关，同伙报复性作案，杀人劫财。

没毛病啊。

另外，她查到，劫匪秦刚五年前曾在文氏集团工作过，也就是陈恺远的妻子，文婷钰手下做事。

为了帮弟弟秦景还赌债，秦刚挪用公款，东窗事发后被开除，在行业内坏了名声。再后来自己创业做小生意赔得血本无归，欠了一屁股债，索性破罐子破摔跟弟弟秦景一起染上了赌博酗酒的瘾，潦倒度日。直到前段时间弟弟秦景又惹了麻烦被道上的人盯上，他这才起了抢劫的心思。

查到的信息跟秦刚交代的都对得上。

可是报复性作案这些都是她单方面的揣测，一方面没有确凿直接的证据证明视频里的那个人就是秦景，另一方面，她现在也根本找不到这个人。

林声一整天都没怎么好好吃饭，这会儿趴在桌子上，又困又饿，脑袋隐隐作痛。

世界和平难道不好吗？为什么要有这些人渣？

她想到承受丧子之痛的陈恺远，这两天去那边公司里调查情况，他情绪明显沉重，整个人好像一夜之间老了很多。

一个男人，入赘文家多年，顶着外界的流言蜚语帮老爷子处理公司大小事务。

年近四十好不容易有了儿子，本来是一家和乐的时候，妻子却意外病逝。如今先后遭遇抢劫盗窃，又痛失爱子，亦师亦父的岳丈受刺激心脏病发作被送进重症监护室，公司受影响乱成一团。

如今整个家就靠陈恺远一个人撑着。

她想着长长地叹了口气，拆开桌上最后一袋面包干塞进嘴里，然后拖开椅子起身，拿起杯子和速溶咖啡去接热水。

人生艰难啊！

也不知道乔柏查得怎么样了。

外面下起了雨。瓢泼似的雨声，哗啦啦落在窗户上，和着大风发出噼里啪啦的声响，没关严实的缝隙里涌进来冰凉的湿气。

林声泡好咖啡，空气里染上一层苦涩的味道，她低头抿了一口，把杯子放在桌上，过去关上窗户，温度回升。

她坐回座位，趴在桌子上继续翻看笔录。

可是实在困得厉害，没多久她脑袋就一磕一磕地撞在手臂上，慢慢地，慢慢地，抵不住困意，眼皮子不受控制地垂下去，意识渐渐模糊。

乔柏过来的时候，刚好看见这家伙磕着脑袋趴下去睡着的样子。

她穿了件单薄的雪纺衬衫，短裤堪堪遮到大腿。晚上气温低，她手臂上已经起了一层鸡皮疙瘩，也不知道梦到什么，还咂咂嘴，把脑袋往臂弯里又蹭了些，眼底是浓重的青灰色。放在她手边的浓咖啡还冒着热气，旁边是摊开的笔记本，上边条条框框列了很多对案子的分析情况以及人物关系图。

他拿起来看了两眼，留意到她在几个人的名字下都画了很多条杂乱的横线，看上去很纠结的样子。

不可否认，她在这方面是有一些基础的敏锐度，可是……

他再看下去，瞥到陈恺远的名字，然后轻微地皱了皱眉。

一阵冷风吹过。

趴在桌上的人不知道是在梦里受了惊吓还是觉得冷，忽然缩了下身子。

乔柏心头一颤，鬼使神差地抬手去脱外套。

林声睡得迷迷糊糊，甚至还做了个梦。

梦里，她化身福尔摩斯，分分钟列举案发现场种种疑点，连破数起重案，威风凛凛地与凶手对峙，将对方逼得退无可退不打自招乖乖就擒。

她神探的名声很快传遍全国，省刑侦大队队长亲自给她颁了奖章，还特别给了她一块特制刻字金字招牌，训斥乔柏要好好向她学习，一切以她的命令为主。

乔柏乖乖应下，对她崇拜至极，天天跟在她屁股后边端茶倒水拍马屁……

她一边乐呵呵地盯着自己的金字招牌一边指挥着乔柏跑腿儿：

乔柏去帮我买杯橙汁！

乔柏来给大爷唱个曲儿！

乔柏……

“乔柏！”正做梦的林声竟然把这个名字喊出了口。

突如其来的一嗓子，让正准备脱下外套的乔柏动作一顿，突然回过神来一样，低头看了看自己。他有点走神，半晌舔了舔腮帮子，嘴角扯起一个僵硬的弧度。

有毛病吧！

他敛眸，蹭了下嘴角。

林声根本没醒，只是换了个姿势就又重新睡了过去。

他没来由地松了口气，目光却不自觉落在她蜷缩的动作上，良久，长长地叹了口气，转身准备去把门关上。

结果，没留神，他带着椅子往后滑了一点，“咣当”一声撞到桌子。

乔柏脚步一滞。

“乔……乔队？”

林声这次是真醒了。

她迷迷糊糊揉了揉眼睛，意识还有点模糊，刚才正梦到自己使唤乔柏使唤得正嗨，突然被这动静吵醒，一睁眼真的就看到近在眼前的乔柏。有那么一瞬间，她甚至以为自己还没睡醒，于是又试着喊了声：“乔柏？”

乔柏想到她刚才在睡梦中都不忘喊他的名字，又想到她说要追他的事情，心里没来由一阵烦躁。

他也没回头，冷着声音：“先把你的口水擦干净再说话。”

林声还处在刚睡醒的半迷糊状态中，顺势抬手摸了摸嘴角。

干干净净。

她后知后觉地反应过来，还保持着擦嘴角的动作，然后突然嗤笑一声：“幼稚！”

乔柏过去把门关上，风雨声都被隔绝在外，室内陷入一片沉寂。

林声继续揉眼睛，确定面前这个人不是梦境以后，她也清醒了很多，随手整理着因为睡姿不老实被压乱的发型，漫不经心地问：“哎，乔队，大半夜的你来干吗啊？怕输给我偷偷过来加班？”

她睡了一小会儿，又在梦里压榨了乔柏，这阵来了精神，心情很不错，随口就开始胡说八道：“哎呀，别这样嘛！虽然我也承认自己很优秀，但是你也不用压力这么大的！怎么样？案子查出什么了？需不需要我指点指点你？”

……

乔柏听着她絮絮叨叨地自说自话，也没搭理。

林声见他没反应觉得无趣。停顿了三秒，她突然“呀”了一声。

乔柏下意识侧头看她。

林声得逞，歪着脑袋“嘿嘿”一笑，插科打诨：“你该不会是特意来看我的吧？不放心我啊？大半夜的一个女孩子留在这里，万一遭到歹徒行凶什么的对不对？

“三更半夜，夜深人静，伸手不见五指……夜黑风高，一道黑影‘嗖’地窜进来，然后你就计划着英雄救美是不是？哎，还有……”

乔柏被她吵得没什么耐心，淡淡地瞥她一眼，嘴角轻挑，语气里的嘲笑尽数溢出：“歹徒要是真想做什么，你这会儿估计已经剩半口气了。”

再说，他来了这么半天她一点儿都没察觉到。

林声脸皮厚：“那不一样，你是自己人，不需要警惕！”

自己人。

心里像突然被什么东西轻飘飘地挠了一下。他分神想到她做的笔记分析，良久又低嗤一声：“自己人？”

所以，你判断事情都是凭感情来的吗？

“对啊。”林声漫不经心地应着。

再说了，哪个不长眼的歹徒吃了熊心豹子胆敢直接上刑警大队杀人啊？

她端起咖啡抿了一口。

有点凉了。原本就不怎么样的味道现在更不怎么样了。

她皱了皱眉，咂咂嘴，然后一饮而尽，含混不清道：“毕竟我马上就要开始追你了，不是自己人吗？”

乔柏一噎。刚想提示她案子的话到了嘴边生生止住，他绷着脸，深深地看她一眼。

林声打了个哈欠，泪眼蒙眬地瞥到他的脸色——有点烦躁，有点气结，眼神里夹杂着警告的意味。

她一下子乐了。

现在她有点儿发现调戏他的乐趣了。

乔柏实在懒得跟这个烦人精搭话，被她这么一折腾，他差点都忘了自己是来做什么的。

下午，他去陈恺远那里走了一趟。

文老爷子现在病危躺在医院里，公司大小事情都归陈恺远一人处理。他过去跟陈恺远碰面不到十分钟，先后被人打断了不下五次，其间，陈恺远还接了几个紧急电话。

不过，陈恺远对他的问话还是特别配合，仔细地回忆了一下那天的情形，说那匆匆忙忙一眼，没太看清歹徒的长相，不过确定歹徒右脸有一道伤疤。

最后，他没问多久，陈恺远就被秘书催着去开会。临走前，陈恺远还多问了两句案情的进展，表示要坚持追究到底找到歹徒。

乔柏又跟秘书闲聊了两句，问了些陈恺远的情况。

晚上，他收到同事发来的指纹检测和 DNA 鉴定报告，他心里已经有了揣测，但是还要过来在唐安这里找些资料再确认下。

林声见乔柏坐下来开始看案子的相关资料，也收了玩心凑过来打探情况，无意中就扫到他邮箱里的鉴定报告，瞬间正色：“有结果了？”

乔柏面无表情，快速浏览了一遍监控视频：“嗯。”

林声一颗心悬起来：“是……”秦景吗？

她没敢问出来。

也不知道为什么，之前信誓旦旦确定的答案，在面对乔柏的时候，她忽然就没了完全的把握。

她抿了抿嘴角，一动不动地看着他的动作。

乔柏侧头撞上她的眼睛，动了动嘴角。

“林声？”

“嗯？”

“别感情用事。”

林声一怔，脑海里忽然有什么念头划过，但是一时间又抓不住。

她反应了一下。

是说案子不要感情用事，还是说追他的事情？

她刚想再问，乔柏已经面无表情地别过头，手指微动点了几下鼠标，把邮箱里的鉴定报告转发给她：“行了，回去睡吧。”

哈？这么好心？

林声撇了撇嘴，刚想道个谢，他淡笑一声，语气散漫：“反正也查不出来，趁着晚上没人，把东西收拾了直接走人，免得周一过来提交辞职报告丢脸，也浪费我的上班时间。”

算了。反正已经拿到了鉴定报告，也不在意他这些有的没的嘲讽，她推门往外走的时候又回头补了一句：“随便你怎么说我都不会怪你，因为‘爸爸爱你’。”

乔柏捏着鼠标的手指一紧，蹙了蹙眉心，回过头只看见她蹦蹦跶跶的嘚瑟背影。

好像还有哪里不对？

他想了想，再回头，发现自己原本放在门口的那把伞已经被人带走了。

乔柏看着外面瓢泼的大雨：“……”

第五章

Chapter Five

你跟队里新来的小姑娘杠上了？

1.

周一一大早。

李子和唐安正兴高采烈地讨论着什么。

陈韬偶尔插两句话进去，一回头看到推门而入的队长，立马噤声推了下还在聊天的两个人：“开会！开会！”

一阵椅子拖拉的声响。

大家纷纷起身往会议室方向走。

李子忙抓着啃到一半的煎饼果子又往嘴里塞了两口，这才追上去：“小唐子你等等我！”

昨天忙活了半晚上，凌晨回来才勉强补了两三个小时的觉。这会儿一眼扫过去，大家眼底多多少少都挂上了黑眼圈。

乔柏也没多啰唆，简单总结了些重点注意事项，安排好后续工作就散会放大家去休息。

临走时，他又多瞥了一眼会议室里空下来的座位："林声人呢？"

正偷吃的李子猛地一顿，呛得涨红了脸，含含糊糊地回答："报告，不知道。"

这次行动，队长从头到尾都没有通知过林小妹参与进来，大家伙忙昏了头，他饿了一天一夜，早上净忙着填肚子了，一时半会儿还真没留意到林小妹的动静。

乔柏看了他一眼。

李子心里一冷，默默地收了手里没吃完的煎饼，做好了罚做俯卧撑的准备。

结果，乔柏直接抬腿往外走："把你嘴擦干净了再说话。"

李子："？"

他抹了把嘴一脸蒙地看向唐安：不罚了？老大这是……转性了？

唐安耸了耸肩膀，表示同样蒙。

乔柏从会议室出来，还是没看见林声的影子，他想了下，摸出手机翻了翻邮箱。

也没有辞职报告。

自从那晚之后，这两天他都没有林声的丁点儿消息，原本以为她一门心思去查案子了，他甚至已经做好了周一早上听她嘚瑟着做案情分析的准备，结果到现在都没看见人。

他低头把玩着手机，手指在通讯录一栏划了半天，然后皱了皱眉，一把将手机丢进衣兜里。

算了，反正等会儿也会收到她的辞职报告的。

他起身往办公室走，迎面撞上在他身后偷偷摸摸打量情况的唐安。

“那个……”

唐安原本也没想偷看，就是路过的时候随便瞄了一眼，看见一向爱岗敬业巴不得把一天当两天用的老大，正对着通讯录里林声的名字发呆，一时好奇留下来就多看了两眼，没想到突然被抓了个正着。

他挠了挠头，有些窘迫，很快又厚着脸皮：“乔队，要不，你就打个电话问问呗。那个秦景不是，我们不是还没抓吗，一个女孩子，万一出点儿什么事呢？”

乔柏看着他，脸色一点点下沉。

“不是，乔队，你别这么看我，”唐安其实心里直打鼓，但还是壮着胆子替林女侠仗义执言，“那个啥，也就是一个新人的实战训练，你是不是做得有点太过头了？”

李子吃完东西过来，看到唐安一副视死如归的模样跟队长在说什么。

他抹了抹嘴巴，还不放心，又摸出手机当镜子照了照，确定嘴上没有残渣了，才凑过来好奇地道：“干啥呢这是？”

唐安没理他，继续对着乔柏：“我知道惯例也是为了训练新人在面对案子时的敏锐度，但是既然已经走到这一步了，不就代表着你已经同意她入咱们队了吗？干吗还非要为难她呢？”

给她一个超乎寻常难度的案子也就算了。从头到尾还把她一个人排除在外，案情进展全部瞒着她，一点儿线索都不给，这会儿凶手都抓了还一点消息都不告诉人家。

“乔队，摸着良心说，我觉得人林声没哪儿做错的，”唐安低了低头，有点替林声犯委屈，扒拉着李子的肩膀往跟前拉了点儿，“我和李子进警队的时候，你给的案子都是什么去抓个抢劫犯啊、诈骗犯啊，哪有陈恺远这么复杂的案子？”

李子还没反应过来情况，茫然地“嗯”了一声。

唐安又添了一句：“要说考核的话，人家早在入职第一天不就帮忙抓了个抢劫犯吗？”

乔柏薄唇紧抿，下颌绷成一条直线：“说完了？”

唐安还想说什么，李子拽了他一把：“完了完了。”

话说完了，他俩估计也快完了。

“乔队，”李子很狗腿地打圆场，“小唐子昨晚查定位，神经紧张了一晚，今天早上脑子有点抽，你别……”

话没说完，乔柏看了他们两个人一眼，一句话没说直接进了办公室。

“砰”的一声，门被甩上。

李子终于松了一口气，回过头来看着唐安，冲他竖了个大拇指：“厉害啊兄弟，你跟林小妹学的？现在都敢跟老大正面杠了？”

话音刚落，唐安表情一松，整个人斜着身子朝他瘫倒过来：“快……

快扶着我，腿软！”

李子：“……”

“你就这么点胆子还装什么样儿，我还真以为你出息了！”

“你厉害你来试试！”

“我活腻歪了？你说说你没事充什么英雄啊？”

“我……我昨天听女神说喜欢讲义气、路见不平拔刀相助的人，硬汉那种。”

“那一听就是拿来唬你的，咱队里缺硬汉吗？你见人程骆对谁上过心？你个小崽子，怎么就还不死心，啊？”

……

“行了，赶紧闭嘴吧，这下你给老大得罪了，赶紧给林小妹通个气，免得回来再触霉头！”

同一时间。

海安市南郊的某偏僻乡村路口，郁郁葱葱的树荫后停着辆灰扑扑的黑色越野，看上去像是放了几百年没人碰过一样。

林声趴在方向盘上一动不动，死死地盯着巷子里的一户人家。

小门小户，青灰色的门板上面零零散散沾着些蜘蛛网，旁边隐约可见斑驳的墙体广告，一早上旁边的人家都开门进进出出，那户却一直没有动静，看上去不像是有人住的样子。

只有墙根处新落下的一堆烟屁股透着点儿人气。

林声打探到这里费了不少劲儿。

拿到鉴定报告之后，果然不出所料，现场留下的指纹跟她一直怀疑的秦景完全一致。

她在秦景之前的出租屋蹲点，联系房东，走访邻居，还威逼利诱奚凯找公司的技术大神查 IP 和各种通讯定位找秦景的踪迹。

就是这么硬气，不用他乔柏手下的人，她照样能抓到嫌犯。

昨晚查到眉目，她饭都顾不上吃，二话不说拿了奚凯的车钥匙连夜赶过来蹲点到现在。

她深深吸了一口气，从旁边拿起一瓶水，仰头灌了两口。

兜里的手机嗡嗡振动起来。

她刚一低头的瞬间，余光瞥到不远处大门似乎被人推了一下，紧接着有人探出身体左右看了看。

二十多岁的模样，一身黑色衣服，右脸有一道疤，面容憔悴，神色警惕。

秦景。

林声一个激灵，直接掐断了电话，打开车门下来。

两个人视线有短暂的交汇。

对方像有什么感应一样，眉头一皱，心虚地加快了步子朝反方向走去。

“小哥哥！”林声嗲了嗓子抢先出声，不动声色地整理了下头发，也跟着他加快步子往前追了两步，“等一下！”

少女温柔软萌的声音，毫无威胁性。

果然，秦景脚步一顿，犹豫着回过头。

林声心里冷笑一声。

“那个……”她牵着嘴角笑，眉眼弯弯，又有点迷糊无助的样子，脚下的步速却是不减，声音温和无害，“我好像走错路了，想请问一下，这里是哪里呀？”

五六米的距离。

秦景皱着眉头看了她一眼，似乎在确认她是不是真的迷路了。

良久，他侧过头指了指巷口尽头的横杆，上面的字迹模糊不清：“那儿，看见没，清远村，你不认识字啊？”

林声也不恼，嘿嘿一笑继续朝他走过去：“小哥哥，我还没吃饭，这附近有没有什么卖吃的地方啊？”

两三米了。

“这里能有什么吃的？”秦景嗤笑一声，又有点不耐烦地从兜里摸了一根烟叼在嘴里，“老子就没住过这种破烂地方！”

一米。

“是吧？”林声也附和，“不过我听文昊说他家里有东西丢在这儿……”

“谁能把东西丢……”秦景低头点烟，含糊着说到一半，动作忽然一顿，表情凛冽，下意识念叨道，“不是死了吗？”

他反应过来拔腿就跑。

林声眼疾手快几步冲过去，一把扣住他的肩膀，朝他的腿弯一踹。

秦景双腿失力直接跪下，颓然喊道：“我没杀人！”

他还想挣扎着跑出去，“咔嚓”一声，双手上铐。

“没杀人？”林声拽着他往车上走，冷笑一声，“那你怎么知道文昊死了？我又没说你杀了他，你慌什么？跑什么？跟姐姐走一趟呗，秦景。”

听到名字，秦景深深地吸了一口气，彻底耷拉下了脑袋。

林声打开车门将人推上去，“砰”地关上车门，落锁。

手机还在不停歇地振动，她透过后视镜扫了一眼后座面色颓然的秦景，勾了勾嘴角。

得，赢了。

林声随手按下接听键，唐安咋咋呼呼的声音立马传过来：

“你在哪儿啊，怎么还没回来？”

林声心情不错：“怎么，乔队想我了？”

“林小妹你还敢提乔队？”李子的声音插进来，混合着窸窸窣窣的争夺声，“我跟你说，唐安这崽子给你惹麻烦了，早上为你的事跟老大杠了一下，这会儿估计老大还没消火呢，你回来可得悠着点儿！”

“不错啊，小唐子出息了，路见不平够义气，我回去请你们喝奶茶！”

还喝什么奶茶啊，李子叹了一口气：“得了，林小妹你先赶紧回来吧！”

“马上，俩小时后见！”

2.

不得不说，奚老板的车还真是赞。

林声从清远村赶回海安市区也没耽误多少工夫。

她刚一进门，唐安跟李子立马就冲了上去，唐安二话不说就是一个鞠躬：“女侠我对不起你！”

李子翻了个白眼，抬手冲着他脑门儿就是一巴掌：“让你逞英雄！”

“本来你早上没过来，乔队就有点生气，这不，那个赌的事……估计就等着收你的辞职报告呢！”

林声挑了挑眉。

“就这货！”李子剜了唐安一眼，继续解释，“早上不知道吃了什么熊心豹子胆，拦住队长说什么对你不公平，跟疯狗似的逮着乔队竟然一顿训。这下好了，乔队彻底怒了，一早上都没出办公室，这会儿估摸着谁进去都是死无全尸！”

他叹了口气，替林声出主意：“要不，你去找下程骆，跟她一起进去，乔队顾及着女神，没准儿对你不会太那啥……”

又是程骆？

林声莫名有点烦。

我辛辛苦苦抓了人，敢情还抵不上你女神露个面啊？

她不满道：“乔队真的喜欢程骆啊？”

“不是，”李子一脸生无可恋，“这都什么时候了你还有心思打探八卦，啊？赶紧去吧，语气好点儿，就……嘿？”

他说到一半，忽然看见旁边陈韬身后的人：“秦景？韬儿，什么时候还把这小崽子给抓到了？”

陈韬没说话，扬了扬下巴指着林声。

林声挑了挑嘴角，一脸得意：“就早上，我抓的！怎么样？不带女神，也够你们乔大队长消个气了吧？”

“我路上都问过了，这小子估计躲藏的这几天也吃了不少苦头，还算老实，直接就认了，说是替他哥不值，自己又欠着一屁股债，被人逼得没法儿了，那天早上趁着陈恺远不在家，就溜进去偷了些东西，也想让他长长记性！”

她把手里的文件夹打开递过去：“我查过，秦刚和秦景是俩兄弟，五年前秦刚在文氏集团做过事，后来因为替弟弟还赌债挪用了公款，加上同事的恶意针对，事发后在业内败坏了名声，这几年……”

她逐一说明自己查到的东西，确定事情跟秦景脱不了干系。

唐安跟李子对视一眼，双双露出一言难尽的表情。

怎么着？

我抓了犯人哎！这都不行？

“林小妹，”李子犹豫地看了林声一眼，“那个……其实，案子已经结束了。”

林声说：“我知道啊，这不，人我都抓回来了。”

“不是。”唐安性子一急，抓过她的文件夹丢到桌上，“凶手是陈恺远，人昨天晚上我们已经带回来了，乔队连夜审讯，事儿也都弄明白了，现在差不多就剩整理收尾工作了。”

林声嘴角的笑意瞬间僵住。

“不是，”李子瞪了唐安一眼，“其实也不算完。林小妹，秦景我们就还没抓，你查得也没错，这事他也算是共犯……”

李子跟唐安俩人开始七嘴八舌地跟她讲起案子的大概情况。

事情关乎文昊的身世。

陈恺远入赘文家，跟妻子文婷钰的婚姻一度传为佳话。

但是，两人结婚多年后一直没有孩子，因此时常吵架，感情慢慢淡去，基本上已经是貌合神离的状态，只是对外扮演着恩爱的假象。

好在几年前，文婷钰终于怀了孕，生下一个儿子文昊。

后来，文婷钰出轨，被陈恺远发现。文婷钰生了孩子后，身体不太好，一直吃药，于是陈恺远暗中在她吃的药里动了手脚将人害死。但文老爷子对他有知遇之恩，他对文家还算忠心，安安分分地照顾文老爷子，抚养儿子文昊长大。

结果年初的时候，有个神秘人发加密邮件联系陈恺远，说自己才是文昊的亲生父亲，如果不想把事情闹大，就给他转一笔钱。

陈恺远敏感多疑，于是悄悄带文昊做了亲子鉴定。事实证明，两个人确实没有血缘关系。

起初，陈恺远转了一笔钱打算把这件事压下去。

但之后，神秘人接二连三地威胁勒索，并且一再提起当年文婷钰出轨的事情，甚至说起，如果他露面认亲，文老爷子很有可能会接受他，毕竟他才是文昊的亲生父亲，到时会把孩子和公司都交到他手里等等。

陈恺远聪明一世糊涂一时。他没有想过，既然对方是文昊的亲生父亲，又确信认亲能得到文老爷子的认可拿到公司，那为什么不直接露面而要躲在暗中勒索他给的那一点儿钱。

其实，神秘人根本不是文昊的亲生父亲，只是知晓文婷钰出轨内情的人。也就是当年在文婷钰手下做过事的秦刚。

当年，秦刚无意中撞破文婷钰出轨的事情，因此被恶意打压，身败名裂，而他手里又没有文婷钰出轨的任何证据，也一直担心惹祸上身没敢多嘴。

直到文婷钰去世，弟弟秦景又惹了麻烦被道上的人逼得走投无路，他才想到这个办法，打着文昊生父的幌子勒索陈恺远。

不过，陈恺远身处局中受惑，也查不到神秘人是谁，备受煎熬。

前段时间，神秘人再次找上陈恺远，狮子大开口要一大笔钱。

陈恺远忍无可忍，查不到神秘人，于是气愤羞辱之下把主意打到了文昊身上。

如果文昊死了。

死无对证，就算神秘人露面，文老爷子也不可能相信一个陌生男子空口白牙的说法，更不可能为此去做 DNA 鉴定这种荒唐的事情。

那时候，至少公司会是他的，他辛苦多年不至于沦落到一无所有。

而且，他也不用再替那个给他戴绿帽子的人养儿子。

秦刚自知勒索陈恺远不是长久之计，察觉到陈恺远暗中在文昊身上动心思之后，设计假装偶遇骗取陈恺远的信任，同他合计筹谋。

他帮陈恺远杀了文昊，事成之后陈恺远负责还清他和秦景所有赌债并且保证给他和秦景提供工作，确保两人后半辈子体面生活。如果事情败露，他则一力承担所有后果，但是陈恺远得保证把他应得的那份给秦景。

螳螂捕蝉，黄雀在后。

秦刚绑架失败于是伪装成抢劫，逃脱无果被捕并咬死没有提到陈恺远。

而他不知道的是，他前脚被捕，后脚陈恺远就设了局联系秦景。

陈恺远对秦景说秦刚被抓，警察顺藤摸瓜扯出了他和秦刚以前的小勾当正在追查，因为他们还欠着赌债，所以道上的人把所有苗头对准了他一个人。

最后，陈恺远对秦景说让他收拾得低调点儿去文宅的书房拿了钱闭上嘴巴赶紧走人，以后也算两清了。

事实上，陈恺远那天出门之前就杀了文昊，把家里弄乱，又将多数值钱的东西搬走，留了一笔钱放在跟秦景约好的书房里。

他故意利用秦景制造盗窃杀人的假象。

秦景过去的时候发现文昊已死，他生怕惹事，拿了钱立马就要走，临走时发现笔记本电脑连接着摄像头，他生怕自己跟文昊的死扯上什么关系，情急之下直接把电脑带走。

但他不知道的是，这都是陈恺远故意设计好的。

外面真正的监控还在陈恺远手里。

陈恺远故意安排，用气球遮住摄像头，导致监控没拍到秦景从大门进去的情景。

陈恺远从医院回来的路上也根本没有什么堵车，他一早就回来暗中等在门口，只等着秦景跳入圈套，他再把气球拿开，刚好拍到秦景抱着一台电脑离开的景象。

陈恺远制造了歹徒破窗而入谋财杀人之后从正门离开的假象，想把秦景也送入大牢。

并不知晓后来这些事情的秦刚为了弟弟，只会对之前与陈恺远之间的交易保密。

而秦景，一个被监控拍到的命案嫌疑人，从文宅拿走一大笔现金，以及电脑，还有一个抢劫并且试图对人质文昊下手的哥哥，自己又负债累累毫无诚信。

就这样，秦景被陈恺远塑造成一个证据确凿、动机明确的报复性盗窃杀人犯。

即便秦景说出是陈恺远要他去文宅拿钱，但是没有证据，又有什么可信度呢？

这样一来，文昊死了，那个躲在暗处的所谓亲生父亲的神秘人自然无计可施，陈恺远解决掉这个顾虑的同时，又能凭借多年与文老爷子的情谊拿下公司，也不必替别人养儿子日夜受尽煎熬，还能把有可能会对他造成威胁的秦氏兄弟送进大牢，再无后顾之忧。

而他，一个丧妻丧子清清白白的无辜受害人，不仅不会跟这些脏事扯上半点儿干系，又能让他深情负责又悲悯的形象更加深入人心。

唐安和李子东一句西一句地说了整个案子的大致情况，林声听着，脸上的表情一点一点冷下来。

“这都是乔柏查出来的？”她攥了攥手指。

“差不多吧！”说到这里，唐安又忍不住骄傲起来，“乔队总能抓到重要疑点，抽丝剥茧，剩下的就是审讯了。你是不知道，咱们乔队除了体力、脑力以外，审起犯人来一问一个准，简直是人肉测谎——”

李子瞄着林声的脸色，暗暗扯了扯兴高采烈的唐安。唐安这才回过神来，看了看林声，默默放低了声音：“仪……”

“所以，乔柏一早就已经查清楚了？”林声冷笑一声。

除了震惊之外，她更多的是愤怒不平。

明明她也是警队一员，她自问入职这些天来没犯什么错，原本以为乔柏虽然偶尔怼她几句，但也算是把她当自己人看了。

可是现在呢？

玩她呢？

全队都知道案子已经结了，只有她一个人还蒙在鼓里，傻乎乎地加班加点地查案，连夜开车去几十公里外的小村子里熬夜蹲点，就抓了一个小毛头秦景还自以为很了不起地傻乐？

她憋了一肚子火，咬着牙深深吸一口气：

“乔柏人呢？”

“那个——”

唐安跟李子对视一眼，然后默默地指了指右手方向：

“在在……在办公室……吧。”

3.

乔柏一直在整理案件总结报告，但他从头到尾都有些心不在焉。

半个早上过去，文档都还在第一页，手边的手机屏幕还停留在通讯录那一页。

他低头捏着手里的签字笔，有些走神。

他自认不是那种小肚鸡肠的人，也不可能只因为唐安有的没的几句话真的就被带动情绪，可是早上他听完那些的时候，真的是有些愤怒。

人之所以愤怒，在大多数时候恰恰是因为对方说自己的那些话是对的。

他对林声是不是确实有些过分严苛了？

烦躁。

他从抽屉里拿出烟，撕开上面的透明塑料，然后抽出一根咬在嘴里，犹豫了一下，伸手去拿打火机的动作又顿住，整个人往后靠坐在椅子里。

视线却是落在手机通讯录上。

林声。

他蹙着眉心顿了顿，不轻不重地叹了口气，甩掉脑子里那些乱七八糟的想法，重新开始工作。

“咣”的一声。

突然，办公室的门被人从外边踹开。

他下意识地抬头，还没来得及发作，就看见红着眼睛气势汹汹跑进来的林声。

李子、唐安他们拦不住林声，一路跟到办公室门口，看着她冲进去。几个人为了保住狗命，谁也没敢跟着去撞老大的枪口，于是纷纷在门口顿足，屏着一口气趴在门口偷偷往里面瞄。

完了，火星撞地球了。

也不知道林小妹能不能留个全尸？

李子拧巴着一张脸，一边往里面瞄，一边指使唐安去找程骆过来。

唐安犹豫着，一脸心有余而力不足的样子。

不是，主要他也没那么大脸将人喊过来啊！再说就程骆那性格，会掺和这种事吗？

李子戳不动唐安，索性也作罢，就这么蹲在门口盯着。

办公室里。

“连门都不会敲了吗？”

乔柏抬头看清来人的一瞬，心里没来由地松了一口气，但对她这种行为明显不悦，面上依然冷得骇人，眉头紧皱，语气疾厉：“谁教你的规矩？”

林声正满肚子火，根本懒得搭理他，冲过去就是一脚，力度不小。

乔柏不设防，冷不丁被踹，皱着眉头“嘶”了一声，抬手去提溜她的衣领，声音更是冷了几分：“林声你发什么疯？”

林声一言不发，拍开他的手，又是一脚踹。

乔柏：“……”

他后退两步，已经是强压着怒气。

趴在门外的一群人齐齐倒吸一口冷气。

平时跟老大对着干，玩点儿小把戏使个恶作剧，偶尔口头上再争一波，这也就算了，现在竟然敢直冲办公室动手……啊呸，动脚？

这么说怎么总觉得哪里怪怪的？

李子拍了把自己的脑袋。

想什么呢！

他回过神来，面前已经落下一道阴影。

他心里一惊，呆呆愣愣地慢动作抬头，果然看见老大那张黑得吓人的脸。

“老……老……乔……”他一紧张，又想喊“老大”又想喊“乔队”，结果舌头一抖，出口就成了——老乔……

老乔？

他怕是跟林小妹待得久了也活腻歪了？

乔柏脸色阴沉。

这帮人都被那个疯子给带疯了吗？

“都太闲了是吗？”

一句话出口，几个人纷纷回神，“哗啦”一下作鸟兽散。

下一秒，“砰”的一声，大门被人从里边用力关上。

李子、唐安等几个人默默交换了个眼神，后怕地缩着脑袋开始各干各事。

一室寂静。

乔柏关了门进来，面色沉沉。

不是要理论吗？

好。

他回身往办公桌前走，之前的情绪已经收敛，转眼恢复冷静自持。

这就是乔柏。

所有的喜怒哀乐都能在最短的时间内控制恢复，永远能像个置身事外的局外人，冷眼看着所有闹剧。

林声最烦他这种样子，让她觉得一拳打在棉花上，没有丁点儿解气，反倒是自己像无理取闹的小孩儿。

两个人对峙了一会儿。

乔柏率先移开视线，冷声道：“闹完了？愿赌服输，我等着你的辞职报告，出去把门带上，谢谢。”

“乔柏你是不是有病？”林声再次被激怒，“你到底凭什么看不惯我？”

乔柏没理会她，自顾自坐下来低头写报告。

“你是不是觉得玩我特别有意思？”她两三步过去，一把扯掉他手边的鼠标，气急败坏，“陈恺远的案子，你都查完了为什么不告诉我？你们把人都抓完了就我一个人什么都不知道，还傻不拉几地去通宵蹲点，自以为很了不得的样子，结果抓了个小毛头还扬扬得意？”

“你是不是特有成就感？”她气极反笑，“你知不知道我花了多少心思，我这两天饭都顾不上吃想尽法子查线索，找到秦景踪迹的时候我大半夜的一个人直接开车就追去了清远，结果呢？结果我来了李子跟我说，案子就剩收尾工作了？警队上下都知道的事情，只有我一个人被蒙在鼓里？乔柏你这样无脑针对是不是太过分了？”

她越说越气，一张脸涨得通红，情绪激动，连呼吸都重了不少。

乔柏抬眼看着她，面上没有丝毫变化，眼神犀利：“林声，闹够了去反思下你自己。”

林声“呵”了一声，刚想张嘴，乔柏截过她的话头：“自以为是、无理取闹。如果一直这样下去，永远凭着感觉走，被所谓的感情牵扯先入为主，不分是非，我告诉你，不需要我的针对，你早晚得离开。”

林声吸了吸鼻子，死死地瞪着他。

“陈恺远的案子是吧？”他看了眼她，颇有些质问的味道，“我有没有提醒过你不要感情用事？”

感情用事？

林声一怔，想到那晚他看着她的笔记本告诉她不要感情用事。

她当时……

乔柏嗤笑一声：“陈恺远坚信歹徒破窗而入盗窃杀人，那么为什么打碎的玻璃碴儿大多数落在窗户外而不是窗户内？再者，如你所说，歹徒在短时间内将钱财几乎进行了地毯式搜索，洗劫一空，几乎是不可能的事，除非他本身对现场熟悉到清楚所有财物的放置位置，并且清楚当天保姆请假，主人又外出。秦刚在文家做过事，有这个可能，但他当时已经被捕，而且现场除了被害人以外，只有陈恺远和秦景的痕迹。还有，停车位置和周围的新鲜烟蒂，假设陈恺远折返回家停车的时候看到逃走的歹徒，你觉得这种时候他还有心思稳稳当当、分毫不差地把车停进车位，甚至不慌不忙地抽几根烟吗？假设他是下了车才看到的人影，从监控来看，歹徒出门后整个人往右走应该是从栅栏处翻逃，所以两个人根本没有正面相撞的可能性，那么陈恺远如何确定对方右脸上有疤？至少说明他在撒谎。"

除此之外，"疼妻爱子"又有洁癖的陈恺远，书房里一尘不染，却为何只有全家照落灰？并且，文婷钰去世并不算久，家里上上下下却已经找不到她生前的任何东西。

这并不太符合一个深爱妻子的丈夫的作风。

还有，据秘书说，陈恺远有收集整理报纸的习惯，每次第一时间拿到当天的报纸，看完后随手就会收集起来，他书房里的报纸按照日期排序整整齐齐，只有案发当天的报纸压在了尸体下面被血浸透。

李子去查过，这里每天早上送报时间在早上六点到八点之间，按一下门铃然后放在门口信箱或者门缝下就走，而且案发当天并没有延误情况。

陈恺远大约早上八点四十分出门，所以正常情况下他应该是已经收了报纸回去的。那么，歹徒在卧室行凶，中途会好端端去陈恺远的书房拿一张报纸过来吗？

所以，更大的可能是不是真正的凶手在拿到报纸以后因为赶时间，也没来得及看完整理，所以顺手放在了旁边而行凶？

另外，室内几乎被洗劫一空，而这些凭一人之力根本无法带走，案发前夜下过小雨，而案发现场周围并没有任何可疑的轮胎或者其他搬运痕迹。如果纯人工的话，要一次性搬完这些东西需要不少人，大白天的徒手集体转移赃物，太过明目张胆，可能性基本为零。

……

办公室里一片寂静，只剩下电器运行发出的轻微声响。

乔柏一次性说了很多，他拧眉侧头看向林声："我看过你的查案记录和笔记，陈恺远的名字下画过的横线最多。你不是没有怀疑过他，你反复查看过监控，去陈恺远公司了解过情况，可是最后感性占了上风，你打心里觉得，一个所有员工口中的好老板、好丈夫、好父亲，是不会做出这样的事情的。

"所以你选择忽视掉心里的疑虑，并没有顺着陈恺远这条线查下去，而是把目标对准了秦景，你更愿意相信是秦景为了报复，为了财而杀人。"

林声张了张嘴，拳头攥得紧紧的，半天却说不出话来。

"因为主观感情先入为主，从一开始就查错了方向。林声，这不是善良，"他停顿下来，扬了声音，语气嘲讽，"把案子交给你，等你去查清楚？根本就是在浪费时间。"

"所以这就是你瞒着我的理由？"她扬着下巴，声音不自觉有点哽，却还是一脸不服气，"所以这样就能推翻我之前所有的努力吗？谁一开始没有判断失误走岔路的时候？你以为所有人都跟你一样，能时刻保持理智做个没有感情的冰冷怪物？"

怪物？乔柏嘴角微抽，薄唇紧抿，强压着怒气："出去。"

林声没动，红着眼睛瞪着他。

"自以为是、无理取闹。"乔柏来了脾气，"认不清自己的位置和责任，只会延误案情，给调查增加难度，事后又只会把所有责任都推向同事和上司。林声，你自己好好想想，警队需要你这种人吗？"

林声下意识地想反驳，但是又说不出话来。

两个人对峙良久，她忽地一咬牙，冲着他小腿又是愤愤一脚，然后转身就跑。

门被用力甩上，发出很大的声响。

4.

外面正低头做事的众人听到动静，抬头就只看见红着眼睛跑出去的林声。

紧接着，办公室里又传来"哐当"一声，什么东西被砸碎的声音。

大家心里都是一凛。

李子看了眼小姑娘跑出去的背影，又看了眼老大办公室的方向，默默放下手里的鼠标，拖着椅子移到唐安跟前，对他使了个眼色。

"干吗？"唐安一脸警惕地往后缩了缩，"我可不去啊，队长现在正在气头上呢，我去了就是送死！"

李子："……"

"不是我说你𡟲不𡟲啊？平时看你跟林小妹玩得不是挺好的吗，关键

时刻你就这么没义气？你真的要看着乔队把林小妹从队里踢出去？你看到时候谁还分零食给你，谁还看你那些无聊的破软件！”

唐安有些犹豫了，想了一会儿突然感觉哪里不太对：“不是，李子你怎么还攻击我的软件啊？我那些都是顶尖的发明，你见过能测姻缘的高科技吗？我这可是科学算命，准确率百分之百，你还想不想脱单了？我告诉你，我这个……”

“滚滚滚！”李子听他絮絮叨叨就头大，抬手冲着他脑袋就是一巴掌，“少啰嗦，就说你去不去？”

唐安挠了挠头：“那我等会儿要是被老大揍死了，你记得帮我告诉我女神，就说让她别忘了每……”

李子翻了个白眼，懒得搭理他，自己直接往办公室里冲过去。

“喂，李子，你不要你狗命了啊？”

乔柏正在气头上，坐下来半天邮件里半个字都没看进去，满脑子都是那家伙红着眼睛跟他理论的样子。

他理智查案，第一时间抓犯人还错了？什么叫他针对她？

说的都是些什么屁话！

“咚咚咚——”门响了几声，他头也没抬。

李子等了一小会儿，见里边没反应，端着杯咖啡小心翼翼地推门进去，一眼就看见散落一地的玻璃碴儿。

他喉头一紧，突然感觉好像看到了自己的下场。

“乔队，”他把咖啡递过去，摸了摸脖子，“其实吧，林小妹也没做错什么，她也就看上去没心没肺，爱玩爱闹，但是平时做事都特认真。今天来跟你吵，她也是一时情急。小姑娘自己一个人昼夜不分地也查了好几天。这不，一大早抓了秦景回来。昨晚可是蹲了一个通宵，你没看见吗？嘴唇都裂了，黑眼圈特重！”

“已经很不错了，你何必跟一小姑娘置气呢是不是？要不，”李子犹豫了下，还是没敢把让老大认个软这话说出来，“别计较了，毕竟一个女孩子，你话说那么重是不是不太……”

乔柏皱着眉抬头看他。

李子心头一惊：哎，林小妹对不住对不住，哥们儿真帮不了你了。

他很识趣地及时收住话头，干巴巴咳了两声，放下咖啡往后退开：“那个，乔队我就不说了啊。我还有好多事没做呢，那个陈韬刚让我去看看秦景那崽子。”说完转头就窜了出去。

唐安就守在门口，见李子出来，幸灾乐祸：“你不是挺能吗？”

“杯子也挺能，”李子振振有词，“还不照样碎成渣了？”

两个人互怼着离开。

乔柏听着门外的动静，吸了口气。

他真的就那么不近人情冷冰冰的吗？

他低头，视线落在碎裂一地的玻璃碴儿上。

这其实不是他故意摔的，刚刚跟林声吵完，他情绪是有点不稳，但也没有摔东西的习惯，就是不小心撞掉了而已。

他越想越觉得不爽，发泄似的踹了一脚，然后跟一地玻璃碴儿沉默着对视半天，默默地找来了扫帚收拾残渣。

“她也没做错什么，看上去没心没肺、爱玩爱闹，但平时做事都特认真。”

“小姑娘自己一个人昼夜不分地查了好几天。”

“嘴唇都裂了，黑眼圈特重！”

“别计较了，毕竟一个女孩子，你话说那么重……”

得，现在所有人都觉得她没做错。

那老子就做错了？

警队不分男女，凶手犯罪时难道就因为性别手下留情？工作难道不该保持绝对理智的头脑？

他错了吗？

他过去二十四年，都是依靠着绝对的理性一路走过来，从警校优秀成员到警队优秀警员，再到现在最具实力的警队队长。

他怎么会错？

没有。

乔柏收拾到一半，忽然很不耐烦地将脚边的垃圾桶一脚踹翻，起身摸了一根烟咬在嘴里。

烦躁。他端过李子送进来的咖啡，一口灌下去，满嘴苦涩，他忽然皱了皱眉。

杯壁上还残余着意式浓缩的红棕色泡沫。

他从前最喜欢浓缩咖啡的口感，后来有一次林声偷偷跟他换了咖啡，却被苦得差点吐出来，还跟唐安他们吐槽他的喜好，最后恶作剧地把他的咖啡全都换成了偏淡的口味。

他懒得计较，时间久了竟然也就这么习惯下来，再猛地喝到原来的口味，会有点难以接受。

习惯真是世界上最可怕的东西。

他接了一杯白水大口大口灌下去。

一整个早上，乔柏都处于一种极易走神的状态，加上昨天一晚没睡，还有今天早上的事情，他实在有点头疼。

入职以来，乔队第一次在上班时间打了会儿盹儿。意识模糊的时候，他听到有人敲了两下门，然后直接进来，在他面前站定。

“想明白了？”乔柏头也不抬，冷笑一声，“辞职报告写好了放桌——”

“乔队。”

不是预想中的声音。

乔柏一僵，抬头看见垂眸正打量他的程骆，他眼底有一瞬间的不自然，很快又恢复。

程骆穿着白大褂，单手插在衣兜里，面无表情地看了他一眼，然后收回视线，把手里的文件递过去：“鉴定报告整理全了，尸体已经联系人带回去处理。”

乔柏接过来，随便翻了两页，“嗯”了一声。

程骆还像往常一样，没什么多余的话，工作交接完毕就直接回她的停尸间去。

临出门的时候，乔柏忽然将人喊住：“程骆。”

她沉默着回头。乔柏突然有点说不出口了。

“我是不是有点不近人情？”良久，他问。

程骆眼底终于起了点儿波澜，顿了顿，忽然低头，很轻微地弯了弯嘴角，然后折回来拖了一把椅子坐在乔柏对面，乔柏很自然地过去接了一杯水递到她手边。

两个人同年入队，一个是面对各种尸体都能面不改色的冷漠法医，一个是面对各种枪弹劫匪都能临危不惧的高冷刑警。

同样优秀的能力和近乎孤僻的性格让两个人迅速走近，几年来也培养出了高手之间的默契和感情。

但程骆也是第一次见乔柏露出这种表情。

质疑自己？

好像有什么东西在不知不觉中发生了变化。

“我听说了。”

“什么？”

“你跟队里新来的小姑娘杠上了。”

她说得直白，乔柏一噎，想说什么又忍住。

程骆看他一眼，下结论：“你对她太苛刻了。”

刚刚唐安去给她送饭的时候，把事情的始末都叨叨了一遍。其实老实说，她并没有觉得乔柏有哪里不对，但是现在看乔柏这个反应，她就明白了。

“你是真的想逼她辞职吗？”她动作极小地勾了勾唇，“如果是的话，按照你的办事效率和风格，在抓陈恺远的时候，也会直接把秦景一起抓了，这对你来说不是难事。但是你留着一个胆小懦弱没什么威胁性的秦景，不就是在给她机会吗？”

虽然给了她一个大案子，但是有危险的事情你不是都已经自己上手了吗？

知道她的调查方向和脾性，等她抓到秦景，也算是配合终结了这个大案，而且是独立调查抓捕，功劳不小。

乔柏抿唇，一声不吭。

第六章

Chapter Six

第一次替人相亲，咳咳咳，
想想还有点小激动呢！

1.

林声因为这事憋了一肚子气没处撒，越想越觉得委屈。

但气是真的气不饱的。

她忍了一下午，下班的时候还是抵不过咕咕直叫的肚子，去食堂打了满满一大份饭，刚找地方坐下来，奚凯的电话就打了过来。

她咬了一口排骨，腾出一只手来按下接听键。

“林声你到底对我的车做了什么？老子花了上百万的车自己都舍不得动它一根毛儿，你倒好，直接给我开出了拖拉机挖掘机的感觉，你蓝翔毕业的是不是？优秀毕业生啊！我还小瞧你了，真是有本事啊！”

林声咬排骨的动作一顿：“……”

奚凯那边还没停："衣服流行做旧，你带着我的宝贝车子也出去赶时髦走做旧风格了是不是？你怎么不再给它戳俩窟窿出来呢，啊？"

劈头盖脸的一顿吼。

林声想到她开他的车去抓秦景，但豪车实在太高调了，为了掩人耳目就往它身上铺了不少灰，偏远地区路况不好，再蹚两趟水就沾了不少泥巴。

这事儿确实是她不厚道，但她今天被乔柏吼得那一肚子委屈还没发泄出来呢，这会儿又被他扯着嗓子训了一顿。

她将筷子一丢，鼻头一阵酸涩，眼泪瞬间就出来了。

"不是，你敢做不敢当啊？"奚凯见这边半天没说话，"林声我告诉你，我知道你听着呢，别给我装聋作哑，有本事弄我车，你有本事——"

耳边忽然一声哽咽："奚凯……"

她一出声，声音里不自觉染上浓重的哭腔，嘴里咬的排骨还没啃完，听上去含混不清的，像被人揍肿了脸似的。

奚凯一怔，一下子就慌了："哎，不是，小祖宗你别哭啊，我不是那意思！

"这样，我明儿回去了亲自把车子给你开过去行不行？你想怎么开就怎么开，钥匙以后就留你那儿，拖拉机挖掘机戳窟窿都成！要实在不行了，我再给它装俩翅膀，咱上天和太阳肩并肩成不？别哭了啊小祖宗！"

林声眼泪花刚浮上眼眶，没忍住又"扑哧"一声笑出来。

奚凯总算松了口气。

他这人吧，平时看着吊儿郎当的，还经常坑她，但两个人从小一起长大，爬树掏鸟窝建立起来的革命友谊可谓是坚不可摧。他又护短，谁要真欺负了林声，他二话不说提起刀就能冲上去。

林声抹了把眼睛，趁机压榨他："我不要你那破车！"

奚凯："……"怎么就又成破车了？

"奚老板你什么时候有空，请我和陶桃吃饭啊？我天天为人民服务，都饿瘦了。"

奚凯："……"活该！

他当然没敢说这话，狗命要紧狗命要紧。

"那个啥，"他也抓住机会，"那你把陶桃喊上呗，媳妇儿跟我冷战呢，我不敢触霉头。"

林声："……"商人就是商人，果然没有免费的午餐。

她对这俩人也是无语，从小一起长大，兜兜转转分分合合也二十多年的感情了，三天两头还会因为一些琐事吵架。

她正想替陶桃骂他两句，旁边有几个警员端着餐盘过来，问她旁边有没有人，她立马把盘子往旁边移了一点空出位置来。

奚凯在那边絮絮叨叨说起这次吵架的前因后果。

她插了一只耳机，然后继续啃排骨，旁边人聊天声也隐隐约约传过来。

"前两天去山区抓人，我去，那山路十八弯的，能给我折腾得胃都吐出来，可把我给累坏了！瞧瞧瞧瞧，我都累瘦了！把你碗里那肉给我多吃两块呗！”

“走开走开！你那算什么？我刚来的时候，就跟队长去查走私药品的案子，三天都在荒郊野外蹲点，大夏天的能被蚊子咬死！”黑皮肤男生咧着嘴笑，“现在习惯了，别说蚊子，就是被蛇咬两口，哥们儿还能爬起来给它撕碎了！”

“哎，谁还没个刚来的时候呢！”黄T恤男生往嘴里扒了两口饭，鼓着腮帮子接话，“新人适应期嘛，实战训练，也算是惯例了，谁手上还不接个案子了？我当年才坑，那段时间天下太平，连个抓小毛贼的机会都没有，然后队长翻了个陈年旧案给我，案子早都破了的那种，但是瞒着我事实，也没跟我说这是训练，我那会儿也傻乎乎的什么都不知道，天天拿着沓队长给发的资料，到处跑着去查……”

旁边的哥们儿笑：“查出来了吗？”

“查出来个屁！”黄T恤男生捏了捏耳朵，“都那么多年过去了，凶手骨头都化成灰了，亏我当年还傻呵呵地以为队长看好我，交给我一个悬了多年没破的奇案。”

几个人笑成一团。

“笑个鬼啊，重点又不在于结果，就只是为了锻炼你对现场对犯罪的那种反应力，重在参与重在参与嘛。再说了，”黄T恤男生得意道，“虽然我没查出来，但是队长最后还是夸我表现不错，态度积极！”

“还把你给骄傲上了是不？哎，我听说今儿早上乔队好像还因为这事跟妹子吵了一架。乔队哎，海安警队的神仙，竟然……”

林声心里一顿，然后默默地把头埋得更低了一点。

实战训练？

所以……

乔柏分给她的这个案子其实也只是锻炼项目？所以才瞒着她案情的进展？

冤枉他了？

她咬着排骨的动作慢吞吞的，心里忽然有点复杂。

呃……

早上踹那几脚还挺用力，估摸着至少得疼个两三天吧？

林声啊林声，你刚来查案子慢了两拍还查错方向不说，自己还给乔柏制造了个冤案？她鼓着腮帮子撒气似的用力啃着排骨，结果一个走神，咬到了舌头："嘶——"

"小林声，你干啥呢？我跟你说话你听着没有？"奚凯不满地冲着电话嚷。

"哈？"林声舔了舔嘴巴，捡起掉到旁边的耳机重新戴上，"听着呢听着呢，就是说我爷爷过生日的事儿嘛，这周末一起去看看买什么礼物啊。"

她毫不走心地应着，满脑子都还想的是乔柏的事情。

刚刚用力太大，舌头好像被自己咬出了血，火辣辣地疼着。

她心里一阵烦躁，直接一把推开盘子。

算了，不管了，反正踹都踹了。

他活该，谁让他成天板着张脸装高贵冷艳，什么都不肯说？他不也没解释嘛！

装样儿狂魔。

“那就说好了啊，我这周去找你，”奚凯总算松了口气似的，“你可千万别忘了把我媳妇儿喊出来，别忘了这才是重点啊。”

“行了行了，知道了，你怎么跟乔……”她顺口说道，又生生止住，“你怎么就这么事儿呢！”

2.

陈恺远的案子已经进入收尾工作。

唐安跟李子也跟林声把实战训练的事情解释了一遍，又替乔柏说了不少好话，把和事佬的工作落实得很是到位，再加上林声自己在食堂听到的那些话，其实误会已经明了。

但是，很明显，两个人谁也没有先退一步开口和解的打算。

林声是自己心虚开不了口，也知道她一旦开口肯定免不了再被奚落一顿，然后要她递辞职报告。乔柏是堵着一口气不想再跟她说话。

于是，辞职的事儿谁也没再提起过，平日里针锋相对的两个人陷入了漫长的冷战。

不得不有工作上的沟通时，唐安就成了倒霉的传话筒——

“去告诉你们家乔队，纵火案已经整理完归档。”

“去告诉林声，跟你们一起参加训练。”

“去告诉……”

“女侠，林姐姐，”唐安在连续跑了近十趟之后实在忍不住了，“求你

了，给我留条命吧，就这么点距离，有什么话不好当面说啊？”

“对啊，”李子跟着劝，“乔队让你跟我们一起训练，意思不就是已经不会逼你交辞职报告了吗？”

林声一怔。

她这几天忙着跟他保持距离了，这点倒没注意到。她心里有点松动，面上还是没有表现出来。

“林姐，林妹妹，林女侠——”唐安哭丧着张脸。

林声默默地收拾着桌上的东西，涂了个唇膏，然后扫了电脑右下角的时间，冲他们笑了下，拿起包就往外面走：“唐安同志，姐姐要下班了，此事容后再议，再见。”

“哎，不是，那反正以后我不管了啊，你们有话自己说，发微信也成啊，别喊我……”

话没说完，门口已经没人影了。

乔柏端着杯子从转角处走出来。

“乔队。”唐安不知道他听到了多少，也没敢多嘴，站在原地尴尬地挠了挠头。

乔柏看也没看他一眼，目光落在停在大门外的黑色汽车上。

男人靠在车旁低头把玩着手机，见林声出去，立马迎了上来，很自然地接过她手里的包，替她打开车门，两个人说说笑笑，好不热闹。

他皱了皱眉，心里一阵不爽。

——“如果我赢了，你就让我追你怎么样？”

鬼使神差地，脑海里就跳出她跟他说这句话的场景。

他端着杯子的手指不自觉加了点力度，眉心紧皱，低声斥道："不务正业，勾三搭四。"

"啊？"唐安没听清楚，但是看着队长的表情，心里还是好一阵紧张，立马回话，"乔队，我知道错了，以后肯定尽心尽力帮你们传话。"

乔柏根本没听到他说话，回过神来面无表情地瞥了他一眼。

唐安："？"

等到人都看不到了，他才抽了抽嘴角，茫然地看向李子。

不是？这啥意思？他又说错话了？

所以，他以后到底还要不要传话？

几天不见，奚凯的车子已经重新做了保养，看上去倍儿亮，很是拉风。

林声忍不住"啧"了一声。

奚凯见她这种表情，立马一脸警惕："小林声，你别想打我车子的主意啊！"

"你上次不是还说要把车子送我？"她打下车窗，又回头看了眼，心不在焉地说，"不是要给我装俩翅膀，飞上天和太阳肩并肩？"

奚凯呵笑一声，打一把方向盘，车子提速，警队的大门彻底看不见。

"男人的话你也信？"

林声收回视线，侧过头白了他一眼："呵，男人！"

"不是，我交代你的正事儿办了没？"

"什么？"林声故意装失忆，"给我爷爷买生日礼物？我已经想好了，你等会儿直接开车去国贸，我上次看中了一台……"

“小林声！”奚凯敛眸，佯怒，半晌又叹了口气，无奈道，“行吧，等会儿吃什么你随便挑。”

林声满意一笑，打了个响指：“嘿，狗子，挺上道儿啊！”

奚凯：“……”

林声也不跟他闹了，直接解锁屏幕，调出微信聊天记录递给他，又想到他正在开车看不了。

“人呢，我是给你喊了，但是陶桃不想见你，死活也不出来，说她晚上还有事儿，没工夫搭理你。”

奚凯拍了下脑门儿，一脸颓然：“完了。”

“不是我说奚渣男，你到底把我们家陶桃怎么了？我现在都不确定帮你到底对不对？”

“别啊，小林声，”他别过头看了她一眼，“你现在立刻马上继续给她发消息，告诉她今天下午必须出来，我这人生大事可就交给你了。”

见林声没动，他只好老实交代：“这次真不是我的事儿，我不知道那谁会过来，我你还不知道吗？敢作敢当，要真跟别人有点啥，不用她陶桃吭气儿，立马自己从这江上跳下去，你这声渣男喊得可真是冤枉我了。”

这话一说，林声基本上就知道是什么情况了。

俩人自小在大院里一起长大，当初奚凯不顾家里人的反对，坚持弃警从商，年轻气盛跟家里闹得挺僵，奚老爷子又是个倔脾气，为了打消孙子的这个念头，一度找人暗中堵死了他的路，奚凯一气之下跑去了国外继续做他的生意。

事业刚起步，处境艰难，和陶桃的异国恋自然少不了波折。分分合合那么多次，好不容易等到他稳定回国，陶桃满心欢喜去接人，结果看到他还带回来一个金发碧眼的妹子。

说是“带回”，其实也不太合适。

对方其实也是偷偷摸摸追着奚凯跑来中国的，下了飞机俩人才碰上。

之后因为那个妹子追奚凯的事情，两个人多多少少又闹了些误会。

不过，林声清楚奚凯的脾性，平时可能是浪荡了点儿，偶尔耍个嘴皮子，毕竟生意场上，虚与委蛇总免不得，但本质上绝对没问题，这么多年对陶桃也是百分之百的掏心掏肺。

“我真是欠你们俩的！”

下了车，林声找了家餐厅进去，随便点了个饭，往嘴里塞了跟棒棒糖，然后摸出手机继续当说客，那边也回得很快，态度很坚决：

【再跟奚凯说话就是狗：我不去！】

【再跟乔柏说话就是狗：看在我的面子上呗！陪我出来吃个饭！［勾引.jpg］】

【再跟奚凯说话就是狗：请看我昵称。谢谢。［微笑.jpg］】

【再跟乔柏说话就是狗：……】

【再跟奚凯说话就是狗：最后一遍，我不去，再问拉黑。】

林声死缠烂打撒娇卖萌带打滚儿的都没用。

她现在步唐安的后尘成了这俩人的传话筒。

林声：天道好轮回，苍天饶过谁？

她直接建了个群聊，刚把奚凯拉了进去，打算让这俩人自己把话说清楚，结果她这一句话还没发完整，系统提示——

【再跟奚凯说话就是狗】已退出群聊。

奚凯：“……”不是，你们这昵称看得人眼花，怎么回事啊？集体仇男咋的？

林声跟他对视一眼，耸了耸肩，也懒得折腾了，喊来服务员又加了两个菜，长叹一口气：“要我说，你们这群男人都活该！”

奚凯一噎，不过很快也听出这话里的味道了，然后顺着她的话：“对，该！”

林声一愣。

奚凯是个人精，心里其实已经有了主意，于是故意去戳林声的点：“你那队长又惹你了？”

林声想到这周以来两个人的冷战，喝了口水没说话。

“同是天涯沦落人！”他故意感慨一句，又说，“要我说，你跟那小王八羔子有什么好纠缠的？林爷爷把你捧手心上疼，你自己能力又不差，做什么不成非要在他那儿受气？要不你回来算了，实在不成这不还有哥哥我给你撑腰嘛，反正我这种商业鬼才赚那么多钱又花不完，我就是享受下这个过程，你乐意干啥就干啥，混吃等死都成，哥们儿罩着你，怎么样，回来不？”

这话听着怎么就那么欠揍呢！

林声垂眼笑了下。

奚凯趁势立马走煽情路线：“声儿啊，咱……”

“行了行了。”演得跟卖血替傻儿子换粮食的悲情老父亲一样。

林声摸了摸一手臂鸡皮疙瘩：“奚老板，戏太过了啊，有屁就放。”

她其实已经不记恨乔柏了。那天也就一时血上了脑袋，冷静下来想一想，他也就人冷淡了点儿，可是能力确实远在她之上，说的那些话也不是没有道理。

奚凯被戳穿，咳了两声，很狗腿地替她夹菜，语气却是沉了沉："陶桃今晚要去相亲了。"

林声："？"

"你也知道，陶叔叔和苏阿姨一直催着她早点稳定下来……"

"那你倒是求婚啊，奚大凯你尿不尿？"

"你以为我不想吗？"奚凯皱着眉头解释，"我那天都安排好了，计划赶不上变化，那谁不是临时追过来了嘛。你也知道，外国妹子各个都直白得跟疯子一样，我都没反应过来，她也不知道从哪儿听的，以为我要跟她表白，扑过来就是一顿熊抱。"

他无奈的表情："我将人推开，一抬头就看见陶桃站门口正盯着，那两天我们本来就吵了架，我本来还想着借求婚这事儿刚好和好，哪承想半路搞出这么个幺蛾子。"

林声听完也是一脸吞了苍蝇的表情："你这还真够狗血的，八点档伦理剧都不敢这么演。"

"说吧，要我怎么帮你？"

"抢亲啊。"

抢亲？

嘿，刺激啊！

林声突然来了兴趣，眼睛一亮："那我负责什么？飙车？抢陶桃？还是帮你去揍她那相亲对象？"

奚凯："……"你又比八点档伦理剧好了多少？

"你负责——"他往后退了点，吞了口口水，"代替陶桃去相亲。"

林声嘴角的笑意瞬间僵掉：请问奚凯同志，我能揍你吗？

就知道这货之前铺垫那么多没什么好事。

"事成我包你一周的大餐！"奚凯加码，"全海安市餐厅随便你挑。"

"一个月。"

"成交！"

3.

下午六点半。

乔柏正在训练场挥汗的时候，接到乔德翰称病的电话，想也不用想就已经猜到了他的意图。虽然不快，但到底还是担心他老人家真的有个什么万一，换了件衣服就往家里赶。

然而，当他在自家院子里看到那抹许久不见的熟悉身影的时候，怒火达到了爆发的边缘。

"我就不相信这个世界上还有我搞不定的男人，我有钱有颜，拿下他还不是迟早的事？"

"吹吧，你上次不是说人家已经有女朋友了？"

“那就是个误会，我当时没反应过来，现在想想，怎么可能？那女生要身材没身材，脸也就那样，跟一小学生似的，乔柏怎么会看上她？再说了，不是有句话吗？名草虽有主，我来松松土……”

“就怕你这把锄头不好使！”

“哈哈哈……”

“敢不敢赌一把，我要是能把乔柏那块冰块收了，你们……”

几个妆容极重的女生凑在一起叽叽喳喳地讨论着，时不时发出一阵低低的笑声，丝毫没有注意到身后脸色越来越黑的乔柏。

他刚想出声，乔德翰背着手笑吟吟地走出来：“柏啊，你回来了？”

几个女生立马收声，纷纷回头看着他，然后嬉笑着推了推最中间的女生：“上啊，韦奕！”

韦奕看到他的脸色，犹豫了下，一时没敢上前。

倒是乔德翰笑着招呼了她们两声，然后走到乔柏身边，压低了声音：“怎么样，挑一个呗，乖孙儿！”

乔柏阴沉着脸，看了爷爷一眼，没理会他，直接把堆在地上的各种礼物拎起来全部堆在韦奕怀里，也不顾她的脸色：“韦小姐，我想上次该说的话我都说明白了，希望你自重。”

“乔柏！”韦奕恼羞成怒，“你是不是把自己看太高了？说说，我哪里配不上你？”

典型的“老娘从头发丝到脚指头哪儿哪儿都好你凭什么看不上我”的样子。

乔柏懒得跟这种人理论，手上加了点力度，连人带礼物一起往外“请”。

韦奕被驳了面子，脸上过意不去，一把甩开他的手，扬声道：“乔柏，你敢说上次那个真是你女朋友？”

乔柏动作一顿，掀起眼皮看她。

目光沉沉。

空气陡然安静下来。

韦奕莫名有点心慌，慌忙移开视线，咬了咬嘴唇装可怜：“我就是觉得她——”

“是。”乔柏沉声，然后看向门外，“韦小姐得到答案了，不送。”冰冷生硬，一点情面都不留。

几个女生相互看了一眼，嘟嘟囔囔地往外走。

乔柏回身，看着自家爷爷：“满意了？”

乔德翰似乎早料到这个情况，不恼反笑：“女朋友？没听你说啊，带回来给我看看？”

“没有，我随口说的。”他板着脸，俯身把掉在地上的包装袋捡起来丢进垃圾桶里，“爷爷，以后不要随随便便带人回家，弄僵了谁都不好看。”

“是哦。”乔德翰伸出一只手摸了摸胡子，像是在认真考虑一样，半晌又委屈巴巴，“可是，柏啊，人家都有小孩子玩儿，就我这个可怜老头子啥都没有。”

“那我给你养只狗？”

老爷子摇了摇头，自己已经走到了门口，然后冲乔柏招了招手："柏啊，你过来，我给你看个东西。"

乔柏不知道他又在玩什么花样，皱了皱眉，还是跟着走了出去。

门口停了辆出租车，后车门打开，乔德翰就背着手靠在车屁股旁边："过来！"

"这么晚了你要去哪儿——"

他刚过去，乔德翰忽然从身后拿出一大束火红的玫瑰塞到他怀里，趁他没反应，一把将人塞进出租车里，以迅雷不及掩耳之势关上车门："师傅，快开车，四季广场！他付车费！"

乔柏："……"

车子发动。

他手机一振，上边是乔德翰发来的微信消息，是一家西餐厅的地址，附加一条语音：

【柏啊，我给你弄的相亲局，好好表现。】

隔了好久，又发来了一个小黄人加油的表情包。

似乎生怕他中途开溜，没一会儿，他又补上一条新消息：

【都给你约好了，大晚上的，别把人小姑娘放那儿了，不安全。】

乔柏："……"

他没来由地想到一个人。

自家爷爷折腾起来跟队里那个疯子还真是有得一拼。

这俩人是亲爷孙才对。

所谓帮人帮到底，送佛送到西。

林声觉得对于打发相亲对象这种事，还是要从根本上解决问题。

那么首先，不能输了气场，让一个男人受挫的最好办法就是，从气势上压倒对方，让他觉得来参加这场相亲本身就是件自取其辱的事情。

她理了理裙角，站在洗手间里，扬了扬下巴看着镜子里的女生。

她头发已经被重新打理过，柔顺地散落下来，白色的灯光下，睫毛根根分明，眼尾微微上挑，漆黑的眼睛里带着与生俱来的不羁。再往下，一袭黑裙，搭配高跟鞋，衬得一双腿越发白皙笔直。

完全不同于以往的软萌形象，御姐气场全开。

林声冲着镜子挑了挑唇，涂好口红，忍不住“啧”了一声。

漂亮又霸气。

别说秃头大肚的油腻相亲男，就算是乔柏过来，她照样秒杀。

“嘿，可以啊小林声！”林声从卫生间出去，奚凯上下打量她一番，然后冲她比了个大拇指，“成，那我就先去路上赌我媳妇儿了啊？车子和张叔都给你等在门口了，万一有事儿搞不定就喊他，或者打电话给我！”

他临走不放心，又补上一句：“别逞强。”

林声乐呵呵地接过车钥匙。

她今天COS（扮演）的可是年轻貌美、财才兼备、脾气极差的林老板，保证从各方面让相亲对象绕道。

“没问题，”林声比了个“OK”的手势，“放心，包在我身上。”

说完，她美滋滋地拎着车钥匙出门，打算先坐在车上，等到了约定时间再“姗姗来迟”地去赴约。

奚凯的司机张叔就候在外面。

她坐在后座上有一搭没一搭地跟他聊着天，时不时低头看一眼时间，然后看着来往停下的车辆，想着陶桃的相亲对象会是什么样子。

油腻富态的中年男子？沉默寡言的“程序猿”？还是博学自恋的海归男？

她暗戳戳地计划着等会儿的说辞怎么样才会更霸气一点儿，让对方知难而退。

碰上太那啥的，实在不行就一个过肩摔给他撂倒在这儿……想到这里，她活动活动筋骨。

手机“叮”的一声。

成，时间差不多了。

第一次替人相亲，咳咳咳，想想还有点小激动呢！

她理了理头发和衣服，摆出一副女王俯瞰众生的架势从车里下来，还没站稳，旁边一辆出租车紧擦着她的裙角窜过去。

然后一脚猛刹车，停了下来。

林声：“……”

出租车也能开出跑车的感觉。

这车对自己定位好像有点不太准啊？司机大叔内心其实还住了个赛车手？

她正想着要不要过去敲下车窗，给大叔上节交通安全课，还没迈开步子，从出租车后门下来一个人。

这大长腿……

这腰……

这肩膀……

这——

再往上，林声蓦地瞪大眼睛，倒吸一口冷气。

像看到什么难以置信的东西，她一把捂住嘴巴突然低头后退两步，刚刚的女王架势一秒崩裂，她弯着腰左右看了看，下意识就想找地方躲一下。

老张从驾驶位置探出头，一脸担忧："怎么了林……"

"没没……没事张叔！"

林声生怕他喊出自己的名字来，草草应了两声，也顾不上形象，索性拎着裙角直接先往餐厅里逃过去。

乔柏？

他怎么会在这里？

来跟女朋友吃饭？

程骆还是上次那个韦奕？

她尽可能地把头埋低，一边找提前已经订好的座位，一边再次打量了下自己的穿着。

这穿的都是些什么鬼啊？什么智障的女王计划啊？

完了完了。

她现在突然有点后悔帮奚凯这个忙了，万一等会儿被乔柏看到自己这个样子，多尴尬啊？她甚至都能想象到他那一脸嫌弃又带点鄙视的眼神。

“您好，已经有预约了是吗？这边请。”

林声找到位置坐下来，余光瞄到乔柏也紧跟着进了餐厅，正跟服务生说着话。

她心里一紧，默默地抓起手边的包放在桌子上，尽可能挡住自己的半边脸，然后装作低头正认真玩手机的样子。

应该看不到——吧？

脚步声渐渐靠近。

林声想到什么，心里忽然有了一种不祥的预感。

不会这么巧的吧？

4.

“你好。”

头顶落下一道熟悉的冰冷声音，玫瑰花的香味涌入她的鼻腔。

她认命地闭了闭眼睛，紧紧攥了把手指，酝酿要怎么样才能礼貌而不失尴尬地解释清楚这个误会。

林声稳住心神，很用力地深深吸一口气。

然后很不巧地，鼻子一痒，下一秒——

“阿嚏！”

一个超级无敌巨大的喷嚏。

旁边座位的客人纷纷侧目。

林声简直有种想死的冲动，默默地扯了张纸巾，慢慢吞吞地站起身，抬头：“你……好。”

四目相对。

乔柏的表情瞬间变得复杂起来。

气氛一度陷入冗长的尴尬。

林声满脑子都是自己今天这身打扮，好端端的为什么非要装个样儿啊，她现在肠子都悔青了。

大半天过去，两个人谁也没有说话。

尴尬有增无减。

林声先受不了，她试图缓解下这个僵硬的气氛，于是干巴巴地咳了两声：“那个，乔队，好巧啊，你也来……相亲？”

话说出口，她就想一巴掌拍死自己。

说的这是什么话？

乔柏挑了挑眉，淡淡地扫了她一眼，刚刚脸上的惊诧已然完全消散，他不轻不重地把怀里的一大捧玫瑰丢到桌子上，然后顺势坐在了餐桌对面，低嗤一声：“也？”

这次换林声震惊。

不是，你怎么还坐下了？

难道不该是高贵冷艳的乔队过来对她冷嘲热讽一顿，然后扬长而去？

怪物的心思就是这么难以捉摸。

林声也不去想那么多了，自己索性也直接坐下来，接他的话道：“嗯，也。看不出来乔队也是需要相亲的人。”

“嗯，你也是。”乔柏瞥了她一眼。

服务员过来致歉打断他的话，问是不是可以上餐了，他侧过头交代了几句，然后回头，视线落在她身上，上下扫了一眼，接着刚才的话：“看不出来。”

平平淡淡的语气。

林声却听得出来他语气里的嘲讽，顺着他的视线看了眼自己。

怎么就看不出来了？

她默默地冲他翻了个白眼，也挑他的软肋呛：“怎么，乔队出来相亲也不怕女神误会了？”

乔柏并没有什么大的反应，头也不抬脱口而出：“你出来相亲也不怕男朋友误会？”

话一出口，才觉得好像味道怪怪的。

两个人同时抬头，视线相撞，然后又双双别开眼睛。

不是还在冷战吗？

怎么接话就接得这么自然，现在还面对面坐情侣餐厅里吃起饭了？

大概两人想到了同一个问题，气氛再次陷入沉默。

好在服务员已经开始送餐上来。

与此同时，林声的手机也响起来，她看了眼乔柏，然后有点心虚地低头接起电话：“干吗？”

“小林声你做贼啊？”奚凯心情不错，学着她的语调压低声音，“声音这么小？”

“有事快说。”

“没啊，就问问你那边情况，我已经接到媳妇儿了，看看你需不需要帮忙救场什么的？”

他刚问完，陶桃的声音隐约传过来：“奚凯你要不要脸，放声声一个女孩子在那边……”

“她一个人能徒手撕一头牛，”奚凯似乎别过头笑着应她的话，“你有什么好担心的？”

林声：“……”大哥，我人还在这儿好吗？

“陶桃不放心你，那我们现在一起过去救场？”

“别别别！”林声看了眼对面面无表情的乔柏，立马捂住电话，“你别过来了，我这一切顺利，等会儿自个儿回去了跟你汇报，好吗？再见。”

她火速挂断电话，然后重新挺直身板。

乔柏看了她一眼，嘴角弧度很小地上扬了一点儿，嘲讽意味十足。

林声看懂了。

刚刚她接电话的那几句，落在他眼里大概正好验证自己的猜想——背着男朋友偷偷参加相亲的滥情女人。

而奚凯大概就是那个即将被戴绿帽子的悲情男人。

这人就是这样，还说她先入为主自以为是，他自己难道就不是吗？从入队开始就对她抱有偏见，一直到现在还是按照自己的猜想随随便便就去判定别人。

算了。

大人不计小人过，谁让她这么大度呢！

不跟他计较。

她转了转眼珠，忽然冲着对面笑了下。

乔柏一个下午都没吃饭，原本还烦着要怎么打发掉相亲对象，结果过来见是这个疯子。

他松了一口气的同时，心情反倒没来由地有点变好了。

反正也不会真的相亲，他索性就在这里解决掉晚饭正好。

再趁机跟她谈一谈工作上的事情？

他低头边吃饭边想着，蓦地一抬头就看见林声嘴角噙着点古怪的笑意，正专心致志地盯着他。他还没来得及反应她又在打什么鬼心思，她就开口了。

“男朋友已经误会了。”林声低了低头，声音闷闷的。

乔柏咀嚼的动作一顿，下意识地“嗯”了一声。

反应过来她的话——

“你出来相亲也不怕男朋友误会？”

“男朋友已经误会了。”

“哦。”他又添了一口饭，声音平淡，“活该。”

“你不问问我怎么误会了吗？不想听我解释一下吗？”

“不想。”

“哦。”林声蔫答答地应了一声，耷拉着脑袋，“他现在还不想听我解释。”

乔柏没心情当知心大哥倾听她的感情纠葛：“你能不能……”闭嘴。

话没说完，他拿筷子的动作一顿——

“男朋友已经误会了。”

“你不想听我解释吗？”

“哦，他现在还不想听我解释。”

他反应过来，咬了咬腮帮子，被这家伙气笑了。

林声见他听明白了，立马嬉皮笑脸接话：“嘿嘿嘿，别发火别发火，那个什么，乔队，我不是说过嘛，上个案子要是我赢了，你就同意我追你。所以，男朋友，就是早晚的事儿。”

“跟你解释下，我今儿就是替人来的，”她张口就胡编乱扯，“听说我未来的男朋友要跟别人相亲，我这不，二话不说立马赶过来截人了。”

乔柏刚要说话，林声急着摆了摆手：“你别说话别说话，你先听我说。”

“我反思过了，上次踹你的事情呢，是我不对，我不知道有实战训练这一回事，那天一时心急就冲动了。案子的事情呢，我也有错，你说的都对，我先入为主，做事情容易掺杂个人感情进去，这样不好，我以后会改的。”

“但是，乔队，”她小心翼翼地瞄了他一眼，捏着小拇指比画着，“你能不能也稍微退让这么一点点？”

“我承认，”她敛了刚才嬉皮笑意的模样，态度诚恳认真，“在专业能力方面，我不如你，还有很多需要改进的地方，但是乔队你是不是也该放下对我的那点偏见？稍微给我一点时间和机会？至少一个开口解释的机会？就像刚才，你只凭一通电话就断定我有男朋友，并且背着他出来相亲？这何尝不是另一种先入为主感情用事？”

她顿了顿，缓了口气。

“我没有跟你抬杠斗气的意思，我相信队里其他人也都很敬佩你的为人，但是乔队你有没有想过，或者说有没有感觉到，大家对你更多的是敬，是畏，是上级与下级，而不是平等的朋友？”

乔柏嘴角动了动，没说话。

“你说我太容易感情用事，但是乔队，你是不是其实也有点走入另外一个极端了？太冷漠、太理智。对，我不否认，这样的态度对工作百利而无一害，可是除了工作以外，你首先是一个有血有肉的人。”

她没说下去了，但是乔柏听明白了。

邻座有客人买单起身，低低的说笑声，服务员窸窸窣窣收盘子说客套话的声音。

餐厅大门被推开，有夹杂着热气的风涌进来。

两个人沉默着。

“乔队。”林声抿了抿嘴角，“我们和好吧，好不好？”

乔柏掀起眼皮看她，目光沉沉。

她仰着头直视他，眉眼明艳。

不过一尺的距离。

他甚至清楚地看到她轻微颤动的睫毛，小巧笔挺的鼻梁，轻陷的酒窝。不知道是旁边玫瑰的味道，还是她身上的香水味，一点点氤进他的鼻腔。

心里什么地方好像忽然就垮了一块。

光线骤然暗掉，整间餐厅陷入漆黑，只剩下桌上盈盈的烛光，不远处的小舞台上有驻唱歌手低头摆弄琴弦，流畅的乐曲前奏响起。

乔柏收回视线，轻轻抬了抬嘴角：

“好。”

“嘿嘿嘿……”

林声得意一笑，眉眼弯弯，倏地双手抱拳：“乔队，那我可就留下来继续祸害你啦，多多指教哈。”

乔柏看着上一秒还一脸凝重的家伙下一秒又恢复没心没肺嬉皮笑脸的样子。

真的是……

疯子。

但是，说不出为什么，他心里似乎总算松了一口气，连带着一整天的不快都烟消云散。

林声侧目，偷偷观察着他的表情。

其实他应该也挺想和好的吧？

偏偏得让人哄着才肯开口。

啧。

真是别扭。

两人各有所思，气氛突然又安静下来，只剩舞台上哼哼唧唧的情歌调子戳得林声脑仁子疼，她看着还在低头扒饭的乔柏，肚子一阵咕噜。

从来到现在，她只顾着紧张了，饭都没吃一口。

这会儿事情解决了，才觉得肚子饿，于是，她也学着乔柏的样子吃了两口饭，但不怎么喜欢这个味道，她忽然生出个念头。

“哎，乔柏别吃了。”

乔柏："？"

单已经提前买过，她也不跟他啰唆，索性站起来直接扯着人就往外拽："别吃了，我带你去吃好东西。"

乔柏不留神一把被她扯得一个踉跄，他沉了沉脸，林声立马收回手，很是做作浮夸地做了个伸手的动作，一脸微笑："先生这边请。"说完，又突然想起什么似的，折返回去，把桌上的玫瑰一把抱进怀里，撞到他的眼神，"我的。"

乔柏："……"

半个小时后。

乔柏看着门口的露天座位，闻着那种无法言说的味道，露出一言难尽的表情。

"这就是你说的好东西？"

"对啊，你闻闻这个味道，是不是很臭？"林声振振有词，"这家可是百年老店，味道超正宗。哎，等一下！"

她故意一脸震惊道："乔柏你是不是根本没吃过螺蛳粉？"

她就知道！

不过嘛，神仙要走下神坛的第一步，就是得先沾染点人间的"烟火气息"不是？

乔柏看了她一眼，突然清楚了她的小心思。

他是没吃过，但是也没什么接受不了的，执行任务最艰难的时候，只要能填饱肚子，还不是什么东西都往嘴里扒拉。

他抬腿就往店内走。

身边的人却忽然顿了一下。

“怎——”

林声侧过头冲他努了努下巴。

顺着她的视线看过去，就在不远处拥挤着看街头表演的人群里，一位看上去衣衫褴褛的年轻男人，正若无其事地把手探进一个小姑娘的背包里。

不等乔柏动作，她已经过去了。

年轻男人刚摸出一部手机，神色得意地把玩着，手腕突然一痛。

手机“哐当”一声掉地上。

见状，年轻男人立马换了副表情，“扑通”一声跪在地上，神色痛苦：“你干什么欺负我一个小乞丐？救命啊，打人啦！”

人群围拢过来，低声议论着。

林声不管，单手扣着年轻男人的手腕俯身捡起地上的手机递给被偷的女孩子。

年轻男人抢先说道：“姑娘我刚刚看到你手机掉了，刚想捡起来递给你，这位姑娘就过来揍我。”

“你嘴巴这么利索怎么不去说相声？”林声气极，反手过去就是一巴掌。

年轻男人被惹怒，猛地一个用力将人甩开，从兜里摸出一把闪亮的水果刀：“你过来试试！”

刚刚还低声议论的人群忽然叫嚷着散开。

乔柏就站在几步之外，脸色阴冷沉默。

林声不动声色地冲他递了个眼色，然后看着年轻男人手上的刀，露出一副被吓到了的表情。

“你们这些人哪，”年轻男人冷笑一声，警惕性放松，“就是爱多管闲事，非得要我……”

他话没说完，林声突然扬唇冲他一笑：“哥们儿，看你后面！”

年轻男人下意识就回头，刚刚看到乔柏，腿就一痛，瞬间屈膝跪地。与此同时，握刀的手臂也一阵剧痛，刀具落地。

林声反剪住年轻男人的双臂，抬头冲乔柏比了个大拇指：“脚力不错啊！”

乔柏刚想说什么，又生生止住，从她手里接过人，犹豫了一下，有点别扭：“你也还行。”

“那不必须的呀！”林声扬了扬下巴，得意一笑。

她俯身捡起刚刚被自己放在地上的那束花。

乔柏看着她的动作，低了低头，眼底的情绪散去，蓦地，扬着嘴角，笑了。

两个人把小毛贼处理了，然后一起吃了顿“味道”正宗的螺蛳粉之后，维持了近一周的冷战也勉强算是画上了句号。

第七章

Chapter Seven

我要假扮他的女友粉，
以柔克刚啊，懂不懂？

1.

礼拜天晚上，林声洗完澡趴在床上跟陶桃说起这件事情的时候，都还有点不可置信：

“我跟你讲，我现在是发现了，我们这位队长就是——”

她想了半天，找不到合适的词来形容，一咬牙：“就是个宝宝。”

屏幕那边正认真贴面膜的陶桃手一抖，差点把精华液糊眼睛里：“宝宝？”

你们俩都已经到这种程度了吗？

凭借近二十年的交情，林声一眼就看出来她的想法，扯了扯头发：“不是，不是，别给我想那么肉麻的啊，我的意思是，他就是那种看上去冷冰冰但是其实吃软不吃硬的人。”

她想了想，又补上一句：“得哄着。”

陶桃拔掉耳机，突然把镜头拉近，仔仔细细打量了她一番。

林声被陶桃盯得毛骨悚然的：“干什么？别以为你贴个绿泥面膜就能扮鬼吓唬我啊？”

“不是，”陶桃把手机推出去，重新坐在床上，“我怎么在你这话里听出了一丝丝嫌弃的味道？”

“不要怀疑你自己，不是一丝丝，是相当嫌弃。”

陶桃更听不懂了：“不对啊，不是你说的要追他吗？”

林声一顿，目光落在手机后边床头柜上那捧巨大无比的玫瑰上，半晌错开视线，咳了声：“你不懂，这是策略，我说你好歹跟商业大亨奚老板在一起这么久了，怎么就没学到一点点战术性的东西呢？”

陶桃笑着拱手：“请林老师指教。”

“你看啊，我这么漂亮又这么萌又这么善良……”

“好好好，林老师打住打住，这里可以省略掉一万字，请继续。”

“哦——”林声盘腿坐在床上，丢掉正把玩的毛巾，清了清嗓子，一副要上课的架势，“一个男人，在体力在智商上，你都斗不过他，那你还能用什么办法占据优势呢？”

“用钱砸他？”

“肤浅！”林老师敲了敲屏幕，“当然是勾……啊呸，吸引他！一个男人再怎么冰冷，在面对自己小迷妹的时候，总是会留那么一点点情面的。韦奕小姐姐已经证明了这一点，她追了乔柏那么久，不是还好好的

吗？反正至少不像我之前，可怜巴巴地被针对那么久，还有唐安李子他们，跟了乔柏那么久，也还活得好好的。”

“所以呢？”

“所以我要假扮他的女友粉，以柔克刚啊，懂不懂？”

陶桃不是很能理解她这种山路十八弯的三观，摇了摇头：“我只闻到了溢出屏幕的渣女味道。”

“你不懂！”林声翻了个白眼，“小白花，没事回去让你凯哥多教你点儿，反正我是决定了，以后向唐安学习！加入乔柏的狗腿子大军，搞不好大佬一个开心了还能多传我两招儿，等我偷师成功！”

“反正你悠着点儿，”陶桃盯着她眼底闪烁的小光芒，一副过来人的姿态嘱咐，“我就怕有人渣女不成，反倒把自己给搭进去，一不小心给弄假成真了，到时候嘤嘤嘤地跑过来跟我说真看上人家。”

“怎么可能，”林声立马打断她的话，“我又不瞎！”

她不想跟陶桃再讨论下去，随便扯了两句把人打发掉，直接挂断了视频，然后一骨碌从床上爬起来去擦脸，起身的时候又瞥到桌上的玫瑰，她呆呆愣愣地看了一会儿，又自说自话地念叨了一句：“怎么可能！”

她就只是单纯地想做个狗腿子，跟他好好相处，正常同事那种，然后再偷个师，学点他身上的本事。

仅此而已，她保证！

第二天一大早。

“林·狗腿子·声”提着两人份的早餐就蹦跶去了警队。

唐安老远就闻到了味儿，伸着狗鼻子一路跟过去伸手就去接她手里的早餐：“哎呀，声姐，林女侠，这么客气的呀，连早餐都帮我带啦？太好……”

他还没够到餐盒的边儿，林声“啪叽”一掌拍他手上。

唐安委屈巴巴地说：“声姐，你该不会是带给李子的吧？咱们俩才是，啊，那啥，亲姐弟！”

李子刚进门就听到自己的名字，一脸茫然：“我怎么了？跟谁亲姐弟，我家可就我一个啊，别给我爸妈乱认闺女儿。”

“没什么，没什么。”林声一乐，拍了拍唐安的脑袋，“乖，姐下次给你买哈！”说完拎着早餐直奔里间的办公室。

剩下唐安跟李子面面相觑，然后双双露出一副震惊又茫然的眼神：

这是要用热粥去泼老大……吗？

反正肯定不会是去送早餐的吧？

林声过去敲了门，但是办公室里没人。

她看了眼时间，乔柏不是会迟到的人，她拎着早餐溜达去了楼上。

大清早，走廊格外安静，经过解剖室的时候，透过没关严实的门缝往里边瞄了两眼。

大概是想到乔柏和程骆的那层说法，她鬼使神差地又推了下门，压低了声音：“乔队？乔柏？”

不在这里。

她准备关上门退出去，一道黑影忽然从解剖台下蹿了出来。

林声猝不及防被吓到，下意识爆了句粗口，往后退了两步磕到桌子上，手里的白粥被打翻，洒了一身。

乔柏从档案室拿了资料出来，路过停尸房的时候听到动静，推门进去，一眼就看到魂不附体的林声，和站在解剖台一侧面无表情的程骆。

后者抬了抬眸，看向乔柏："吓到了。"

"那个什么，"林声出声解释，"我就过来送个早餐，以为你会在这儿。"

夏天的衣服都单薄，打翻的白粥洒到身上还隐隐冒着热气，她从兜里摸出纸巾胡乱擦了下衣角，手腕上还是通红一片。

她回头看着程骆："抱歉。"

乔柏抿着唇，从她手里接过纸巾替她擦掉手臂上的水渍，然后拉着人去外面的洗手池去冲了下。

"乔队？"林声小心翼翼道。

乔柏面无表情地洗干净手，神色冷清："你怎么样都没有关系，程骆那里的仪器都是市局高配，弄坏了十个你都赔不起。"

林声努了努嘴。

哦，好了不起哦。

想是这么想，她也没表现出来，面上还是一副笑嘻嘻的样子，一副"乔队你说得都对你最棒最厉害"的狗腿样儿。

乔柏："……"

"我们刚接手一个文物盗窃的案子，"他擦干净手，抬眸，"你收拾好了去就唐安那里查监控。"

林声也不挑剔这种事情琐碎，比了个“OK”的手势，跟着他就往楼下走。

“程骆情况有些特殊，经常会在这边过夜，”乔柏难得跟她解释了两句，“她平时脾气就有点怪，你没事别往那边窜。”

林声乖巧道：“哦，好。”说得好像你脾气就不怪一样。

“我办公室抽屉里有面包。”

林声一愣，咦？

“我可以当早餐吃？”话一出口，林声就发现自己问了个无比白痴的问题。

果不然，乔柏回头瞥了她一眼，没好气地说：“你可以看。”

林声：“……”

他大概也意识到自己的话好像多了点，清了清嗓子，半晌没说话。

两个人一前一后走着。

林声放空心思中，又听见他喊道：“走那么慢，你是腿短吗？”

林声闻言默默地看了看自己的一双大长腿：“得嘞，下午就给你弄双好腿。”

2.

文物盗窃的案子是从邻市转交过来的。

团伙作案，与境外有交涉，邻市那边也已经追了很久，但是每次好不容易查到点苗头，线索就会中断，也算是拖了很久的烫手山芋。

林声翻了半早上的资料，又跟唐安把现有的监控视频全部过了一遍，也没能看出些什么有用的线索。

现在的局势完全被动，只能等对方再有什么动静才能下手。

“行了，声姐，你回去换身衣服吧！”

唐安吃完饭回来见林声还在盯着电脑，接了一杯水递给她：“乔队估计也就是想让你先大概了解下情况，保不准后边有行动会带你一起。”

林声觉得也有这个可能，于是盯得更仔细了。

唐安见她这个反应，乐了：“以前也没见你这么听乔队的话啊，声姐，你们现在什么情况，你该不会真想追乔队吧？”

林声握着鼠标的动作一顿，忽然侧头压着声音：“你过来，我告诉你。”

唐安被她勾起了好奇心，伸着脑袋凑过来：“什么？”

然后，林声冲着他耳朵喊了句：“大人的事小孩别管。”

唐安捂着差点失聪的耳朵蹦出去好远，一脸嫌弃：“声姐，你多大了还玩这种把戏？”

林声嘻嘻笑。

“看你也不是真要追乔队。”唐安念叨着，“行了，你在这坐着现在也抓不到人，回去换衣服吧。”

林声想到什么，点了点头就撤了。

她真的回去换了一套衣服。

白 T 短裤，青春活力美少女，一双美腿显得巨长。

下午回来上班，原本凑在一起正叽叽喳喳讨论什么事情的几个人目光都转向了她。

嘿，效果这么明显的吗？

林声心想。

“我说的吧？就林小妹了！她最合适！”李子跟旁边的陈韬说着，然后冲林声招了招手，“过来，过来，交给你一个重大任务。”

林声以为案子查出什么线索了，立马凑过去，然后就看见被几个人簇拥着的一个巨大的心形蛋糕。

谁要过生日，弄得这么俗气？

她环视一周，目光最后落在了唐安身上。

“不是，声姐，你这么看着我干吗？”唐安急忙解释，还有点气恼，“这主意是大家一起想的，我也不想的，我……”

“哎，我看你穿这么漂亮，以为你知道情况特意换的呢！”李子打断唐安的话，把他推到一边去，“是这样的，程骆今天生日。”

林声更震惊了：所以你们就给女神弄这么个……呃，华丽丽的蛋糕？

还真是直男审美啊。

“程骆不是老大的女神嘛，她最近又被催婚催得厉害，每天在解剖室里过夜这也不是个办法对不对？所以哥几个就商量着趁这机会让乔队去表个白，一举拿下女神，大喜事一件不是？”

林声伸手的动作顿了一下，表情有一瞬间的僵硬：“表白？”

“对啊，”李子继续说，“林小妹，你把蛋糕给乔队送过去呗？”

“为什么要我送？”她脱口而出。

唐安抢答："因为李子说你是女侠，队里唯一一个敢跟乔队正面杠的勇士！"

"当然因为你是咱们队里的警花！"李子瞪了唐安一眼，直接把蛋糕塞她怀里，然后跟陈韬他们七手八脚地将人往办公室方向推，"别听小唐子瞎说。去吧去吧，林小妹！老大的幸福交给你了。"

"我……"

林声话没说出口，人已经被推到了办公室门口。

她低头看了眼手里的大蛋糕，心里没来由地一阵不快。

所以，在大家眼里，她看上去真的就那么不像是要追乔柏的人？

乔柏真的喜欢程骆那种类型的啊？

她肤白貌美大长腿，也没什么地方不好啊！

她又回头看了一眼，李子、陈韬他们就堵在不远处，见她回头，还冲她比了个加油的手势。

林声："……"

她认命地敲了敲办公室门。

"进！"

乔柏正忙着手里的工作，头也没抬："有事说事。"

林声攥了攥手指，喉咙发紧，半天都没说出要他去告白的事。

乔柏等了半天不见对方吭声，一抬头就看到换了身衣服又抱着个巨大心形蛋糕的林声，他心里一紧，下意识皱了皱眉："林声？"

蛋糕上红色花瓣围成的心形格外显眼。

林声张了张嘴："那个，乔队，我——"

乔柏放下手里的笔，站起来走到她面前，扫了眼她怀里的蛋糕，扬了扬嘴角，看着上边的英文："喜欢我？"

林声还在斟酌着措辞，一时没有反应过来："哈？"

"林声，你是不是觉得你自己挺能耐的？"他直接冷了脸，"我对你态度好点了就能蹬鼻子上脸？林声，在我这里，我们只有同事关系，我再警告你最后一遍，最好趁早把你这些有的没的小心思全部给我收了。如果后期你的能力跟不上大家，我照样把你踢出去，到时候我们连同事关系都不是，你有闲工夫了多在工作上用功！"

林声一句话都还没说，就被劈头盖脸训了一顿。

"乔柏你是不是神经病啊？到底是谁想这些有的没的？你喜欢程骆尿得不敢去告白，大家看不过去了想帮你一把，你还倒打一耙？你自己喜欢别人，是不是就以为全世界人都跟你一样有事没事就在琢磨这些？"

她气得不行，抬手就要把蛋糕丢进垃圾桶里："爱告白不告白关我屁事！"

乔柏愣了一下，很快恢复。他伸手去拦住她的动作，把蛋糕重新塞她怀里："谁买的拿出去给谁，吃不完不准下班！"

"那——"林声抱着蛋糕，"你不去告白了？"

得到的是一记冷眼，以及——

"操场上五个圈！"

"我……"

"负重。"

林声咬牙："多少？"

乔柏瞥了一眼她的短裤和裸露在外的双腿，冷着脸从旁边拿过来自己的外套，一把丢在她身上："上班时间衣冠不整，再有下次自己收拾东西走人。"

林声："……"不是你说我腿短吗？再说了，你是活在上个世纪的保守派吗？

她也没多争执，把蛋糕带出去留给李子、陈韬他们，自己拎着衣服自觉上了跑道——背一个外套的重量的"负重跑"。

别人都是在大冷天给女孩子递外套，呵，他们乔队还真是能耐，三十多度的高温天气给她披上外套跑步。

她内心真的是……这个人还真是恶毒又难搞。

她默默地跑圈，一边胡乱想着。

所以，乔柏到底喜不喜欢程骆啊？

另一边，李子、陈韬他们一帮大老爷们儿苦着脸对着面前甜腻的蛋糕半天下不了嘴。

"到底谁出的这鬼主意让买生日蛋糕来着？"李子叉了一小块塞进嘴里，死死地皱着眉头，"老子最讨厌这种腻乎乎的东西！"

"不是你说的女孩子喜欢甜食吗？"陈韬面无表情道，"再说，过生日不送生日蛋糕难道送尸体给程骆吗？"

李子赌气似的低头啃了一大口，没说话。

"我就说了不让你们搞这个，你们偏不信。"唐安乐呵呵地说，"乔队还真是了解你，吃完这个蛋糕你这辈子都会对蛋糕有阴影吧？看你们长不长记性！”

“所以，”李子不可置信，“乔队根本不想告白？还是他压根儿没喜欢程骆？”

“肯定不喜欢。”唐安接话，“我的婚测软件都算过了，乔队跟我女神的契合指数和婚姻指数还没我的高呢！”

“闭嘴吧你！”李子斥他。

旁边有人打了个痛苦的饱嗝，然后接过话头：“反正不管喜不喜欢，我以后，我这辈子都不会再掺和这事了，不不不，连提我都不会再提了。”

“我也是！”

“我也是，我也是！”

……

李子啃着蛋糕，露出一脸茫然的表情：

所以，乔队真的不喜欢女神吗？

3.

农历八月初六这一天，林老爷子林国卿七十大寿。

林老爷子年轻时进的部队，一辈子都贡献给了国家，如今老了退休，气势丝毫不减，他从前的那些部下也不忘过来看看老首长，一大屋子人热热闹闹的。

长辈们凑在一起，话题难免围绕着小辈们的生活。林声乖巧地坐在老爷子身边，有问必答。她从小嘴甜又伶俐，讨喜话张口就来，逗得一群叔叔伯伯都乐呵，气氛一下子就轻松欢快了很多。

“我最羡慕的就是咱老首长有这么个小孙女！”白发过半的伯伯笑着看看林声，跟老爷子说话，“有个女孩儿看着就开心，哪像我们家那小子，成天死气沉沉的，活得比我这个当老爸的都古板！”

“那还不是随你！”有人接话，“老首长有福气，你可不就只有羡慕的份儿了？”

“要我说，还是女孩儿好，贴心又孝顺，我愿意拿我家里那三个小崽子就换一个声声这样的！”

“怎么还搞起重女轻男思想了？老陈，你这套可要收一收，咱们得讲男女平等！”

“我就不！”

两个老顽童说着说着还杠上了，谁也不肯服个软，惹得大家都一阵哄笑。

“我听说丫头你现在在警队里工作？一线啊，老爷子你不心疼啊？”有人打趣，“让女娃娃吃这种苦？”

“不苦，不苦，”林声替爷爷添了茶，笑着，“为人民服务嘛！”

“要我说老林啊，咱们声声能力不差，就不能给安排个安分活儿吗？”

说这话的是林老爷子的老战友老唐，早些年一起出生入死的交情，也算是看着林声长大，把她当亲孙女儿一样疼。

他们都是从枪林弹雨中走过来的，一辈子都献给了国家，儿子和孙子也随着他们的脚步入了部队，都是糙汉子，肩上扛着保家卫国的责任，他只觉得这是应该的，从来不曾有丝毫介怀。

但是到了林声这里，几家里唯一一个小姑娘，老头子怎么看怎么心疼，当初因为老林同意了林声上警队，两个老家伙没少吵架，他总认为老林对小姑娘太苛刻。直到现在他还不死心，一心想帮小姑娘安排个没有危险的轻松活儿：“老林，你就是一根筋，没有能力的那才叫关系户，我们丫头能文能武，放哪儿都是举荐人才！”

林老爷子哼了一声，懒得跟这个失了心智的“孙女奴”废话。

林声立马过去替唐爷爷添了一杯茶，笑着打圆场：“在哪儿都一样，我就是块砖，哪里需要去哪里，都好都好！”

她也知道唐爷爷心疼她，只不过，她自己堂堂正正去警队报个到，都能被乔柏当成关系户针对，更何况要真靠裙带关系了，指不定还要怎么被人戳脊梁骨呢！

正想着，门口一阵闹哄哄的动静，大概又有客人过来。

她正想起身去迎一迎，一抬头猛地看见跟着几个叔叔伯伯正往这边走的乔柏。

林声：？

还真是说曹操曹操就到啊！

他怎么还给来了？

完了，这下不正坐实她靠关系进警队？

好巧不巧的是，唐爷爷还在不死心地劝说林老爷子给林声换工作的事情，大谈特谈他的完美构想：“女孩子放警队里可不是好差事，要我说，咱就把声声调到咱身边来，或者有人照应的地方也成啊，去办公室做做会议纪要，写写材料，整理整理文件，啊……”

林声脸上的笑容僵硬，一脸一言难尽的表情，然后默默地低头遮住脸打算先撤退再说，免得被乔柏看到了误会更多。

乔柏也是临时受命，替赵局过来给老领导送寿礼。

赵局从前在林国卿手下做事，也受过林国卿不少照拂，对老首长格外敬重，逢年过节都得过来看看老人，只不过他前两天摔了腿，行动实在不方便，这才嘱托乔柏跑一趟。

结果乔柏刚进门把东西交到小警卫手里，就看到原本窝在林老爷子身边的一道身影默默地往门口这边溜。

她手里还捧着一片西瓜，半张脸埋着，好像这样别人就看不到她了一样，正弯腰俯身地借着人群的掩映贴着墙壁偷偷摸摸地移动。

乔柏来这儿之前其实就在赵局那多听了两句，没有明说，但他差不多也猜到了林声跟这位林老爷子的关系。

他跟这一帮老领导不熟，自己也不怎么喜欢这种人多的热闹场合，原本过来也就是替赵局跑趟腿的事儿。

但是，现在看到那个家伙，他突然就没那么想急着走了，甚至还生了点儿别的心思。

他站在门口没动，斜倚着墙，好整以暇地看着就在不远处慢慢挪动的“西瓜”。等到差不多了，他起身往一旁走了点儿，眼底浮了点儿笑意。

人有点多，林声也顾不得往乔柏那边瞄了，专心致志地弯着腰遁走，一心留意着不要撞到人。反正按照乔柏的脾性，应该也不会在这儿待太久，她就溜出去在院子里转悠一会儿，等他走了再回来好了。

她这么想着，低头啃了口西瓜，然后弯着腰继续往前摸。

唐爷爷还在跟林国卿探讨着关于林声工作的事情：

“老林啊，你看看，这丫头才去警队多久，都瘦了一圈，也黑了！”

“胡说，我孙女白着呢！”

“你就不信，我跟你说啊……”

……

眼看着距离门口还有一点点的距离了。

林声心里一喜，抬头看了一眼。

“可不就是黑了嘛！”

门口传来咋咋呼呼的一嗓子，奚凯扛着林声前两天给林国卿买的按摩椅走进来，笑着瞥了林声一眼。

不过，奚凯也再没搭理她，自己放下东西利利索索地跑到林国卿跟前，笑着恭恭敬敬地躬身道：“祝我最亲爱最敬爱的林爷爷您日月同辉，春秋不老！福如东海长流水，寿比南山不老松！事事称心人欢愉，日日都做常青树！福德无疆同地久，福缘有庆与天连……”

不愧是常年混迹于商场上的人，嘴皮子功夫相当顺溜，噼里啪啦一段话下来都不带磕绊的。

林声小声哼唧了一句：“马屁精！”

因为奚老爷子知道奚凯回国了，这几天正准备算他当年一声不吭溜走的账，他这才赶紧趁机巴结好这边一大屋子人，好让他们到时候在奚老

爷子面前多说两句好话替他求个情。

林声一边偷偷地移动，一边分神瞄奚凯，突然，“砰”地撞上一堵“人墙”。

“哈，不好意思不好意——”

她还没来得及抬头，后衣领被人一把拽住。

“跑什么？”

乔柏手劲大，跟提小猫一样提溜着林声，另一只手把她手里的西瓜拿下来看了两眼，想到她刚才猫着腰啃西瓜的样子，他问：“西瓜好吃吗？”

林声后脖颈被人压着，直不起身来，只好以一个略扭曲的姿势仰头，看着乔柏正盯着手里的西瓜，有那么一瞬间，她竟然生出他会低头就着手里的西瓜直接啃一口的错觉。

乔柏不知道她在想什么，动了动手。

林声回神，打着哈哈：“啊，还行还行，乔队你想吃吗？我去帮你拿西瓜，还是——”

“可不苦嘛。爷爷你是不知道，小声声可是成天在队里被人压榨，她那个队长啊，最喜欢折腾她！什么麻烦事都往她身上推！”奚凯浮夸的声音越来越大。

林声说到半截儿的话就这么止住了。

她小心翼翼地抬头看了看乔柏，他面上没什么表情。

他提溜着她的衣领，要笑不笑地说：“是吗？”

“什么端茶倒水啊，打扫卫生啊，切个水果啊！”奚凯把这边的小动静尽收眼底，看热闹不嫌事大地又忽然扬声补了一句，“是不是啊小林声？”然后直直地看向林声。

所有人的视线也都被带过去。

正被提溜着衣领的林声以及正提溜着她衣领的乔柏：“……”

笑容渐渐僵硬。

大家大概也都没料想这么一幕，气氛有一瞬间的凝滞。

林声满脑子都是“完了完了，又得负重跑”。

“哈哈哈——”求生欲让人清醒，她反应了一下，然后立马默默地扒拉开乔柏的手，干巴巴地笑着直起身来重新站好，还跳着勾搭了下身边人的肩膀，“哪能啊，队里的事儿能叫折腾吗？是吧乔队？”

乔柏扯了扯嘴角，并不是很想搭话。

“哦，对了，我差点忘了，”奚凯不理会林声的眼神攻击，继续炸，“林爷爷唐爷爷，咱们家声声那天说那什么来着，打算追那个……”他颇有暗示性地看了眼乔柏的方向。

对不住了大兄弟！

这群老头儿总想把他跟林声的纯洁革命友谊上升一步，他只好先下手把林声卖出去了。

“所以唐爷爷啊，您就别老想着把声声调走了，”奚凯继续说着，“年轻人，多少都有点自己的小心思！”

林声：“……”

乔柏：“……”

唐爷爷跟林爷爷对视一眼，在这件事上倒难得默契起来，双双望向林

声的方向，然后露出一脸“我懂得”的表情。

林声：“我不是……他胡说……”

乔柏默默地看了她一眼。

林声又心虚地闭上嘴。

4.

林爷爷也是知道乔柏这个人的，赵局手下一等一的好手。他一个糙老头子，以前也没有关注过自家孙女儿的心思，还真以为她就是单纯地想去警队上班，现在这么看来……

他打量着站在林声旁边的乔柏。

端正笔挺，利落矫健。

这么一看，拿来配他们家声声，也是可以的。

乔柏就这么接受着林老爷子的视线打量，心里没来由地生出种很奇怪的感觉。

有点紧张，有点忐忑。

又不是接受上级领导审查的那种，倒像是……见家长？

他被自己脑海里突然冒出的这个念头吓了一跳。

果然跟这个家伙待得久了都得变不正常。

林老爷子笑了下：“乔柏？”

乔柏理智恢复，不动声色地拨开林声搭在他肩膀上的手臂，双脚并拢，重新站得笔直：“老首长好！”

林声被他这副严肃的样子逗乐，也不管奚凯那些屁话，跟着往他身边又挪了一点，悄声道：“乔队，今儿是家宴。再说了，我爷爷已经退休好几年了，你别这么严肃，怪搞笑的。”

乔柏一记冷眼过去，林声立马闭嘴。

林老爷子没什么架子，笑着问：“乔柏啊，你觉得我们家声声怎么样？”

怕什么来什么。

乔柏压了压嘴角，半天没憋出一句话来。

林声很不要脸地迅速接话：“那还用说，肯定天下第一无敌超级好，是不是啊乔队？”

乔柏无语地看了她一眼，转过头诚实地对着林老爷子道：“林声平时表现不错。”

唐爷爷哼了一声：“何止不错，我们家声声就是最好的，就是天下第一无……什么什么来着？”

“天下第一无敌超级好！”林声狗腿地提醒。

“对！就是！”

“老唐你别插话！”林老爷子不满地瞪了他一眼，想了下自己刚才想问什么话来着，“乔柏，你……”

手机一阵响，乔柏扫了眼手机屏幕，冲林老爷子点点头：“抱歉。”

林老爷子很理解，他们这种工作时刻都需要保持电话畅通，任何时间都有可能有重要事情。

果然，乔柏接通电话，脸色一沉，转过头对着林声：“鹰哥那帮人有动静了。”

这句话一出，林声的表情也冷了下来。

乔柏跟老爷子道了个歉，接着扭头就往外走。

“爷爷……”林声用眼神询问爷爷的意思。

林老爷子冲她挥了挥手。

林声跟各位长辈打了个招呼，奚凯很自觉地把车钥匙丢给她：“注意安全。”

林声伸手接住，冲他挑了挑眉。

奚凯冲着她的背影喊：“哎，对我的车子温柔点儿啊！”

唐安、李子他们已经等在了大院门口，见乔柏出去，立马迎上来。

唐安边走边说：“乔队，就刚刚的消息，鹰哥一伙人在延江那边的小县城冒过头，身上揣了货，陆队他们追踪到海安交界处，人就不见了。”

他嗤笑一声：“黑色大众途观，本地车，往西北方向。这群小王八羔子，成天东躲西藏的，这次终于按捺不住了。我估摸着就是要把手上这批货弄出去，只要他敢进入小爷我的地盘，保准他栽咱这儿！”

他手里还拿着平板电脑，时不时噼里啪啦敲两下，上边的红色定位不断地移动。

“大道儿不敢走，看这方向，这帮孙子十有八九要进山！”

乔柏瞥了一眼，也没说话，拉开车门直接上了副驾。

唐安抬头看见从后边追上来的林声，别过头犹豫着看了看乔柏：

“乔队，声姐这是跟咱们一块去啊？”

乔柏“砰”的一声关上车门，他抿着唇，紧蹙的眉心松开了点儿，掀了掀眼皮看着林声：“唐安，你上林声的车。”

林声眼睛一亮。

唐安比她还乐，扯着嗓子吆喝一声：“得嘞！”

这里的山势并不算高，但地形复杂崎岖。

前边跟踪车辆的同事没多久就跟丢了，乔柏他们只能按照唐安的定位指示一路往山里去，地势复杂，车子并不好走。

定位显示，他们与目标车辆只有不足五公里的距离。

如果这次放走了人，线索中断，再往后拖，这起案子也不知道什么时候才能再有进展。

前边不远处就是一个岔路口。

说是岔路口其实有点牵强，直行那条路勉强算是正道，另外一条分支是被人为踩出的一条窄窄的小路，两边都是茂盛的树木和杂草丛，加上又是个极陡的坡道，路况很差，底盘低的车子很容易被卡在半道上，同时也是对车技和胆量的硬性考验。

正道弯曲绵长，有些绕路；小道坡道陡峭，但路程短，可以减少一半时间直达交叉路口，汇入山道。所以，抄小路围堵守株待兔截住目标的可能性要大得多。

正道虽然绕路，但是也不能放弃。

因为万一对方从正道下去中途换了车，或者弃车从山里步行逃脱，守株待兔这一招就会完全扑空。

走正道有跟对方正面杠上或者面对他们制造的各种潜在危险的可能，走小道要面对糟糕的天然路况。

唐安一脸为难：“声姐？”

车速不减，没有太多时间考虑。

林声扶正耳麦，开口：“乔队！”

“林声！”

两个人同时出声。

默契的一秒钟安静，已经洞悉了对方的想法。

岔路口处。

乔柏车子加速的同时，林声往左猛打一把方向，轮胎与地面发出刺耳的尖锐声响，两辆车子分头行动。

“注意安全。”乔柏声音沉沉。

“你也是。”

林声踩刹车的脚松开，车子从左侧的小坡道急速驶下。

风从没关严实的车窗疯狂冲进来，外面的风景模糊着飞速后退。被颠簸得左摇右晃的唐安一颗心提到了喉咙眼儿，声音都有点抖：“声姐，你这是打……打打算抄小道啊？”

林声双手紧握着方向盘沉默不语，只有一双眼睛黑得发亮。

冷静得跟平日里见到的不像是同一个人。

唐安吞了口唾沫，彻底沉默下来，抓着平板电脑认真看着定位。

车子从坡道冲下去，通过一个急转弯，汇入山道，果然已经看见前方的黑色大众车，车型、车牌全部一致。

唐安心里一紧：“声姐，就是前边那辆！”

“林声。”

耳麦里传来乔柏的声音。

林声咬紧腮帮子：“我知道。”

我知道，安全第一。

她一脚油门踩下去，车子急速前冲，入耳全是呼呼的风声。

前边的车大概察觉到后边的动静，玩命加速。乔柏的车子从更前边的山道下来，一个横漂生生拦住去路。

黑色大众见前后夹击，猛地一个掉头，直直扎进树林里停下，然后一个穿花背心的大胡子男人抱着个大黑袋一骨碌从车上翻下来，往深处窜。

“哎哎哎，跑了跑了……”唐安急着喊。

林声车子却不停，她微微侧头挑了挑嘴角：“稳住啊兄弟。”

话音刚落，她将油门踩到底，车子飞入树林，车顶传来树枝刮划的声响，阳光从交错的树叶间落下零碎的光斑在车窗上飞速闪过。

林声似乎无动于衷，紧紧抓着方向盘，腮帮子紧咬，把车子开了过去，大胡子男人也没想到追他的人这么不要命地飙车，喘着粗气边跑边回头看。

林声踩下刹车，唐安已经被颠得七荤八素，等他回过神来的时候，林声已经打开车门追了出去。

另一边，乔柏停下车子飞身一跃，及时从黑色大众的驾驶室的车窗里探身进去，一把拧下钥匙丢出去，又一个反手控制住挪到驾驶座正准备偷偷开车逃跑的眼镜衬衫男。

虽然鹰哥并不在车上，但此人是鹰哥的心腹。

刚才那个大胡子男人故意跳下车想要引开他们，好给他争取逃走的机会。

乔柏把人拎出来，一把推给李子，黑着张脸：“看着！”然后直追林声的方向。

大胡子男人这会儿已体力透支，跑得越来越踉跄。

眼看着人就在眼前，林声一个箭步冲上去对着大胡子男人的膝盖就是一脚。

大胡子男子被踹得跪下，由于惯性还往山坡下滚了几滚。林声飞身过去抓住他。突然，他摸出一把短刀刺向林声。

林声下意识地用手挡了一下，飞速后退了几步。

大胡子男子一边骂骂咧咧，一边挥着刀，趁林声往后躲的间隙，扭头就往大路上窜。

林声伸手往衣兜里摸了一下。

乔柏刚追过去就看到大胡子男子拿刀刺向林声的一幕，顿时心里一凛，好在林声反应迅速往后退了退。

他没来得及开口，又看见林声从兜里摸出一把军刀，手速极快地甩了出去，正中大胡子男子的腿。

大胡子痛呼一声摔倒。

林声两三步冲过去，大胡子男人还想挣扎，被她拽住胳膊反手一拧。

又是一阵鬼哭狼嚎的痛呼。

林声居高临下地看着他："嘿，再跑一个试试啊！"

啧，还挺狠。

乔柏一口气松下来，垂了垂眼，嘴角微扬。

唐安今天本来就被林声的车技给镇住了，刚才追上来正好看见林声甩刀抓住大胡子男人的一幕，这会儿整个人彻底惊呆了。

"乔队，"他吞了口唾沫，"声姐也太厉害了吧！"

乔柏淡淡地扫了他一眼没说话，嘴角的弧度不减。

"怎么样乔队？"林声得意扬扬，把人交到唐安手里，对着乔柏笑意盈盈道，"没给你丢脸吧？对得起你在我爷爷面前说的那句'表现不错'吧，有没有觉得自己一下子要爱上我了？"

乔柏大步往前走，听到这话低头笑了下，回身的时候一脸冷漠："嚣张跋扈，胆大妄为。"语气里却没有斥责的味道。

林声也不往心里去，凑过去嘿嘿笑着："乔队，要是程骆今天这么做，你还会这么说吗？"

乔柏"啧"了一声，不知道她为什么总把程骆挂在嘴上。

"你不夸一下我吗？"林声往前跑了几步，站在他面前笑，"这次我可是全程跟你配合，没有冲动行事。"

"一码归一码，"他伸手往她脑袋上拍了一巴掌，拂掉她头上的树枝，"别总拿程骆出来说事。"

林声正准备回话，结果一没注意，脚下一踉跄。好在乔柏抓住了她，下一秒，他就变了脸色："林声！"

一站稳，林声就酸唧唧地哼了一声："真是你女神啊，说都不让人说一句！"

乔柏皱着眉头，把刚才拉住她手臂的手递到她面前："你流血了。"

入眼是满目的红。

林声愣了一下，然后眼前一黑。

"咚——"

第八章

Chapter Eight

乔队你怎么走那么快，
你是不是就想让我追你啊！

1.

林声是被饿醒的。

梦里，她饿到头昏眼花，走不动路。乔柏则左手一个鸡腿子右手一块五花肉在她面前不停地晃啊晃，晃到最后，他整个人也变成了鸡腿。

她就跟八十岁的老太太一样步履蹒跚地拼命够啊够，鼻腔里全是香喷喷的肉味。

她够得太用力，一个没站稳，就摔了一跤。

然后她惊醒了。

光线很暗，隐约可见房间里摆设的轮廓。

不像是她家。

她刚睡醒，大脑还有点反应不过来，只有梦里的肉香味还萦绕在鼻腔里。

过了没多久。

房门被推开，林声刚抬头看到人影。

房间灯被打开，一室光亮，房间内的摆设特别清晰，黑白色的装修风格，干净整洁到有点强迫症的感觉。

乔柏站在门口，看着裹着毯子坐在地上呆呆愣愣的林声，眼底闪过一瞬间的诧异。

半晌，他动了动嘴角："地上凉快？"

林声怔了一下，才发现自己从床上滚到了地上。

难怪刚才在梦里摔的那一跤，疼得那么真实。

乔柏抽了两张纸巾递过来，面不改色："把口水擦一擦。"

她想到梦里的鸡腿，一时间有点脸热，下意识就接过纸巾擦了擦嘴巴。

俯身捡地上毯子的人扬了扬唇。

她忽然反应过来，低头看了眼纸巾，上边干干净净没有半点水渍。

林声："……"

乔柏你这人也太幼稚了吧？

她一骨碌从地上爬起来，动作一大，扯到伤口，忍不住"嘶"了一声。

"别动。"乔柏侧身，低头检查了下，见她伤口包扎处没有问题，移开手在她头上拍了一下。

林声立马"哎哟哎哟"地哼唧起来。

“不是挺能耐吗？”他整理好毯子，往外走，“怕这点儿疼？”

是说她下午冲过去追人的事情。

她也懒得计较，爬起来四处晃了晃，笑嘻嘻地说：“乔队，这是你家啊？”

程骆开过他的车算什么，睡过他的休息室算什么？她还睡过他的大床呢！

这说出去够她吹一年了。

林声跟着乔柏出了房间。

外面的客厅不大，一整套暗色沙发，从家具到电器，整齐得令人发指，搭配着极低的冷气，看着冰冷又凄凉，完全不像是人住的地方。

她恶趣味地过去，假装不小心把沙发上的抱枕全部打乱，见乔柏没反应，她又暗戳戳地把毯子也弄乱，还有杯子、纸巾盒……

搞破坏上了瘾，她越玩越起劲，注意到电视机旁边的矮柜上还养着一缸鱼。

“林声。”

“啊？”刚想伸手去碰鱼缸的林声立马收手站直，面不改色地解释，“你这有点乱，我帮你弄一下。”

乔柏看了眼被弄乱的东西，没接她的话：

“你晕血？”

“不啊。”她脱口而出，然后才想到今天突然晕倒的事，又补了一句，“哦，我只晕自己的，不过估计还有点低血糖，从昨天就一直忙我爷爷的事儿，没怎么吃东西，失误，失误。”

乔柏挑了挑眉。

“是不是有点奇怪？奚老板说是因为我这个人太冷血了，就是奚凯，你见过的那个，”她俯身逗着小鱼，“只见得了别人受伤，受不了自己磕磕碰碰。”

说来也是有点尴尬。她从小就这样儿，别的小伙伴受伤什么的，她都能一脸淡定地上去包扎，轮到自己的时候，一丁点儿血就两腿发软。

“哎，对了。”说到这里，林声忽然想到什么，放下手里的小网兜，凑到乔柏面前，一脸狡黠，“乔队，你说，我人都晕了，你不带我去医院也不送我回家，大晚上的把我拐到你家里来？老实交代，你有什么企图？”

乔柏洗手的动作一顿。

他也不知道自己怎么想的。

现在想起来，当时明知道她只是晕血昏厥，自己却有些乱了阵脚。

李子、唐安他们还以为出了什么大问题，一路紧张不已。

他把人送去附近的医院，结果也就花了不到十分钟包扎了个小伤口。

应该就是抓人的时候被划到的一个小口子。

之后他还是不放心，索性直接将人带回了家。

林声就站在他身后，自顾自接话道：“是不是我魅力实在太大，你终于发现不知不觉中对我已经情根深种，无法自拔……”她说起来没完没了。

“林声。”他及时出声提醒她，“你只是晕血。”

林声收住已经开到天际的脑洞："哦。"

"李子、唐安他们要把人带回去，你就只能交到我手里。"乔柏从厨房里端出两碗面条，放到餐桌上，"我又接到电话，弯弯病了，来不及送你回去，也不知道你住哪儿。你爷爷那边应该还有不少客人，送你过去只会让老人家担心，你睡得跟……"他没说完。

但是，林声猜得到。

睡得跟猪一样。

她默默地剜了他一眼。

乔柏把筷子递过去："所以直接带你过来了，不饿吗？吃完我还要去接弯弯。"

逐客令啊？

林声接过筷子坐在他对面慢吞吞地吃起面条。

又安静下来。

难得平和安稳的气氛，林声却有点心不在焉，满脑子都是"弯弯是谁"。

他不是喜欢程骆吗？怎么又有个弯弯？听这语气就知道关系肯定不一般，可是他家里也不像是有女生住的样子，也没听说他有女朋友，该不会……是他女儿？

私生子什么的？

她吸了一口面条，偷偷抬眼看他。

他低着头，轮廓线条硬朗分明，头发剃得很短，露出耳朵，看上去利落干练，多年养成的习惯，沉默不语，连吃饭都极其专注。

她没来由地想到奚凯之前打趣她的话——

“小林声你什么时候还染上口是心非这破毛病了？”

“喜欢就追呗，还有什么你小林声拿不下的人？”

“不喜欢个屁，你每次提到那个乔什么的时候，拿着镜子照照你那小眼神！”

……

林声晃掉脑袋里这些乱糟糟的想法，抿了抿嘴角，试探着：“乔队？”她吃着面条，说话含混不清。

乔柏极淡地看了她一眼，皱了皱眉。

林声很懂地立马把嘴里的东西咽下去，清了清嗓子“嘿嘿”笑：“乔队，我在追你，你知道的吧，咱们之前可是说好的。”

乔柏没接话，很快把碗里的面条吃完，起身看着她，催促的意思很是明显。

林声也不急，继续慢吞吞地抿了口汤汁：“作为你的追求者，我想问一下，弯弯是谁啊？”

她说得很慢，半开玩笑的样子，手里还捧着碗，眼神却是望着他的，隐约带了几分认真和紧张。

“你吃完自己洗碗。”

乔柏没回答她的问题，瞥了眼她还有小半碗的饭，索性丢下一句话直接扭头进了厨房。

避而不提，往往最重要。

林声原本已经做好了听各种可能性的准备，结果他一个字都没多说。

她默默地低头喝着汤汁，嘴里却没什么味道。

她有点高估自己了，这段时间以来，从针锋相对到现在两个人能心平气和地坐下来吃饭，甚至她能光明正大地来他家里。

她一直没有承认自己对乔柏真正动了点儿小心思，不过总觉得，他对自己多少是有点不一样的。

她想着想着就有点惆怅了。

“一头猪。”厨房里突然传来一声淡淡的回答。

林声以为没听明白，“啊”了一声。

“我说弯弯。”

“哦。”

林声更惆怅了，然后在心里狠狠地吐槽了一波这么老套又“中二”又肉麻的昵称。

还猪呢！

这都什么年代了，“狗子”都比这个好听。

但是吧，也不难猜测，能喊“猪”的这个人跟他的关系，实在是……

所以，她这是还没追人呢就已经被婉拒了？

“我不吃了。”

她兴致减了一大半，把碗拿进厨房。

乔柏还在洗碗，掀起眼皮看了眼她剩下的面，其实已经没有几口了。

刚才不是还吃得挺开心吗？

“出去吃吗？”他猜可能是味道不合她口味，又问了句。

“不用了，”林声收回手，扯了扯嘴角，“去接弯弯吧，顺便送我回去。”

“好。”

乔柏只当是她有事想急着回去，也没多问，起身擦了手就往外走。

不到八点钟。

天刚擦黑，外面正热闹。

车内却是久久的沉默。

习惯了她平日里叽叽喳喳的样子，这一路上突然安静下来，乔柏总觉得哪里怪怪的。他打了把方向盘，主动挑起话头：“文物盗窃的案子，我们这次抓到的只是里边一个小头目，穿白衬衫那个叫白锡，是鹰哥的心腹，平时主要负责文物的倒卖和洗钱。”

林声听着“嗯”了一声。

“那帮人很猾，盘踞在西北边境一带的只是这个团伙里的一个小分支，以倒卖文物出境获利，关系盘根错节。陆诚他们一直追着，但是对方行事谨慎，很难掌握确凿的证据和线索。这次也是他们起了内讧，白锡在交易的时候闹出了人命，被延江那边的警察盯上，抓到了几个人，白锡一路逃过来……他们的背景势力很复杂，总而言之，这次要想顺藤摸瓜把这群人一网打尽，会很艰难。”

林声听着点了点头：“嗯。”

再次陷入一阵冗长的沉默。

车子经过小吃街，两边的食物香味越来越浓重。

林声心里想着乱七八糟的事情，一直扭头看着窗外，这阵闻着味道，一个没忍住，没出息地吞了口口水。

声音不大，但是在安静的车里格外明显。

耳边一道轻笑。

林声咬了咬牙，心里的不爽又加重了一点儿，她也没发作，就装作什么事情都没有发生，继续撑着脑袋看风景。

然后，车子往前开了点，找了个地方稳稳地停了下来。

“吃什么？”

“啊？”

2.

十分钟之后，林声弯腰坐在副驾上，左手一盒小龙虾，右手一打烤鱿鱼，膝盖上的袋子里还装着烤冷面、炸鸡腿、扣肉饼、章鱼小丸子……

人吃爽快了，心情也就跟着好了不少，狗胆也就敢包天了。

“乔队，”她啃完小龙虾，扯下手套擦了擦嘴，“你今天心情是不是特别好？”

煮面条也就算了，就当是照顾伤员。

还买小吃给她吃……这就有点反常了吧？

反常到她莫名有点危机感。

“你老实告诉我，是不是我得了什么不治之症，还是你终于抓到我的什么把柄了，要彻底把我踢出警队？”

乔柏：“……”

他心里也有点乱。

但是，他这个人吧，最擅长面无表情。

他买完吃的回来，等到她恢复叽叽喳喳的常态，现在再想一想，才有点反应过来自己所为似乎有点过头了。

他安安静静地开着车，任凭她开启脑洞模式，半天也没搭话。

“还是你终于良心觉醒，发现‘女神诚可贵，弯弯价更高，若为林声故，二者皆可抛’？乔队你该不是看上我了打算追我吧？我告诉你，那你只买这么点儿吃的，啧啧啧，不成啊！再说了——”

“林声。”

他从一整天的反常举动中恢复理智，侧头带了点儿警告味道，沉声道：“下午带你回来，是出于对同事和下属的关爱，换作李子或者唐安，都是一样的待遇，你不要就事发挥。这次之后，希望你也能好好反省一下擅自行动的事情。”

“那，这些呢？”她提了提手里的袋子，笑嘻嘻地反问，“你也经常给李子和唐安买？”

乔柏面无表情：“他们不吃这些。”

林声：“……”

他对自己这番举动的理解是，如果你习惯了听音乐，而有一天你的车载音响坏掉，那么你第一反应就是想办法去修一修。

林声就相当于音响，她突然不出声了，他就用小吃去修一修，再者，照顾伤患本来就是他作为队长的责任和义务。

这没有什么。

又是一阵安静，车里只剩林声小口小口啃鸡腿的声音。

她现在也很是烦躁。

怎么就这么自作多情呢?

在他家的时候被他用那个肉麻唧唧的称呼婉拒了一次还不够?

出来吃人一点东西就又按捺不住了?死皮赖脸地打探消息?

乔柏是谁?出了名的冰块直男，他能有什么小心思，把自己当伤患照顾就是真的当伤患照顾，还能指望他有点别的什么意思在里边?

她用力啃了口鸡腿，一不留神咬到舌头，疼得她倒吸一口气。

乔柏还是跟入定一样没有半点反应。

她随手扯了几张纸巾抹了抹嘴胡乱丢到脚下。

大哥，你车子脏了喂!我乱丢垃圾了啊!

原本已经做好了跟他抬杠的准备，结果他也就淡淡地看了她一眼，一句话都没说。

算了。管他呢!

奚凯说的算个屁，她貌美如花的天才少女，还能在这个冰块身上给吊死了?

去接你的弯弯吧!

她扯了扯嘴角，继续啃鸡腿。

过了一会儿，林声心里还是有点难平复。

“乔柏，”她擦了擦嘴，“我跟你说啊，我今天早上看到一个新闻。一个男的，他已经有妻子了，但是又跟公司女老板暧昧不清，很渣吧?还有更恶心的，他还喜欢打着关爱同事的幌子，对同办公室的女同事嘘寒问暖，虽然是没发生什么，但是大家都误以为他们是恋爱关系。”

她随口说着，时不时侧头偷偷瞄一眼身边人的表情，然后把那些没吃完的东西都重新装起来：“然后呢，有一天这三个女人撞一起了，各自都觉得自己才是正宫，哎，乔柏你有没有在听啊？”

“嗯。”

“你不好奇之后吗？我告诉你吧，最后这个男人就死了，死得特别惨！”

乔柏：“……”

“所以呢，这个故事就告诉我们，做人不能三心二意，脚踩多条船早晚要被摔死的。是吧？”

“我没有跟程骆暧昧不清。”乔柏一脚刹车，解开安全带，冷冷地接了一句。

林声倒是愣了一下。

这么快就听明白了啊？

“乔队你误会了，我没有说你。”她咳了两声，“当然了，你跟那个弯弯吧，关系特别……”

她话没说完，安全带“砰”的一声被解开。

乔柏推门下车：“到了。”

车窗外。

硕大的宠物医院招牌映入眼底。

宠物医生？

林声叹了口气，这也太残忍了吧？拒绝就算了呗，还要带她过来见他女朋友？这是怕她贼心不死？

她一边想着等会儿见面怎么打招呼，一边跟着乔柏进了大门。

大厅里光线明亮。

乔柏大概经常过来，刚进了门就有几个护士小姐姐跟他打招呼。

“来接弯弯啊？马上就好，你先坐那儿等一会儿——哎，弯弯！乔柏，这儿，已经好了！”

林声从头到尾都低着头，听到这话，心里莫名一紧。想到自己之前几次三番说要追他的事情，她就觉得羞耻又心虚，就这么默默地跟在乔柏身后，缩着脑袋跟过去。

他停下，她也跟着停下来。

从她的角度望过去，只看见对方白色的护士服下摆，两个人说话声音就在头顶。

“你今天来得有点晚啊，老爷子还等着呢吧？”

“嗯，队里有点事。”

“理解理解，您是大忙人，”女生笑了声，似乎注意到他身后的林声，“哎乔柏，这个是你……朋友吗？”

“同事，林声。”乔柏的声音。

“哦——”女生拉长了尾音，笑得意味深长。

林声太阳穴一跳一跳的，她用力清了清嗓子，尽量让自己看上去坦然一些，然后抬头伸手：“弯弯小姐你好——”

这句话一出，空气瞬间安静下来。

乔柏和旁边的护士都是一愣。

“哼哼哼……哼哼哼……”

林声还保持着抬头伸手的动作，与眼前挺着鼻子“哼哼唧唧”的一头宠物猪面面相觑。

猪。

货真价实的猪。

二十厘米左右，通体粉白，只有脑袋上有一小块黑色的小猪。

而就在三十秒之前，她还抬头挺胸地对着这头猪喊了句“弯弯小姐你好”。

林声：“……”

所以，她这半晚上就是在为这头猪各种胡思乱想心烦意乱？现在还跟智障一样称它为“小姐”然后说“嗨”了？

老天哪，请让我去死一死吧。

3.

“哈哈哈哈哈哈哈哈哈！”听完林声说的这些，陶桃能给她的只有连串的哈哈大笑声。

林声：“……”

“不是我说你，”陶桃笑得上气不接下气，“长这么大我还是第一次见你犯这种蠢，不行不行，太好笑了，你跟一头猪……哈哈哈哈！”

林声没好气地白了她一眼。

陶桃不为所动，起身把桌子上的设计图纸收起来，抹了把笑出来的泪花："小林声，我总算理解那句话了，你知道是什么吗？"

林声摇头。

"爱情让人愚蠢！你到底是怎么把一头猪想成乔柏的女朋友的？而且人家还是一头公猪！你是对猪有什么看法呢，还是对乔……哦，对，这个就不用问了，我知道，是对乔柏有想法。"

顿了顿，陶桃继续说："不过话说回来，你们队长怎么想的啊？养什么不好，养一头宠物猪？跟他的人设也太不符合了吧？我实在没法脑补他抱一头猪的画面。"

"那是他爷爷养的。"

林声丢脸得紧，随便应了句，也不想再谈这个事。从陶桃手里一把夺过设计图纸，她转移话题："哟，这新家设计都做好了，什么时候成为我们奚老板娘啊？"

"明天去领证！"陶桃笑了下，把头发全部扎起来，从厨房里端了杯咖啡出来，"不过，我也不介意等等你，把那个谁搞到手了，到时候刚好一起办婚礼啊？"

"真的啊？"

"真的啊。"

"不是，我是说你们真的明天去领证？怎么不早跟我说？"

"现在不是正跟你说嘛。昨晚才决定的事。"陶桃笑着，眼角带着掩不住的幸福，"现在就等你啦。"

“唉——”

林声长长地叹了口气，接过咖啡吹了吹低头抿了一小口，还是压不住生无可恋的表情：“就我昨晚上傻不拉几的那样儿，今天都没脸再回队里了，这也太尴尬了吧？这下好了，在他眼里，我不仅冲动嚣张，现在还犯傻没智商……老天哪，我昨天到底吃错什么药了？”

陶桃笑。

林声从小疯惯了，从来都是图自己乐呵就成，什么时候在意过别人的看法？

按照她平日里的作风，别说把猪认成人，就是把人认成猪，也能面不改色地颠倒黑白把笑她的人怼得哑口无言，然后再得意扬长而去，哪里有她认㞞遁走的时候。

“声声，”陶桃坐下来看着不知道想什么还在发呆的林声，认认真真地问，“你是真打算追乔柏啊？”

“追他？”林声回过神来，一挑眉，“我疯了啊，我追一个冰坨子？我还不如追昨晚那头猪呢！”

陶桃露出意味深长的笑容。

这么说就对了。

要真不打算追，林声也不会这么快否认。

陶桃别过头去看她的眼睛。

“追追追，”林声举手投降，“怎么不追？古话说得好，‘知己知彼方能百战不殆’，还有那啥……”

“什么？”

“制伏对方最好的办法就是把他为我所用。你想想，我要是真追到他了，他到时候是我男朋友哎，那我还不是指挥他往东他就往东，指挥他往西他就往西，天天让他跪遥控器跪榴梿跪键盘，岂不是美滋滋！”

陶桃嘴角抽动：“呵呵，不好意思，你这句古语我拒绝接受。”

“不行，这可是著名的‘奥斯特·林声·伟人·斯基’说的。”

陶桃：“再见。”

这女人已经疯了。

林声嘿嘿一笑，也不跟她计较，低头看了眼时间，起身就往外走，背对着她挥了挥手：“托你给办的事儿别忘了哈！”

什么事儿?

陶桃茫然了一瞬间，突然想起来：“哎哎哎——这事儿别找我啊，我没经验。”

不是，你追乔柏还得我来给你写攻略啊?

“那你就去请教你们家奚老板，顺便问他借一晚人，你晚上过来跟我睡啊！”

陶桃还想再说什么，林声已经换好鞋推门出去。

距离上班时间还有将近半个小时。

就因为昨天的事情，她昨晚躺在床上思前想后的半晚上都没睡着，一大早又爬起来去找陶桃唠叨了一会儿，现在反倒有点困了。

林声一路晃悠到附近的小公园里，周围全是早起锻炼的老人，打太极的音乐混杂着广场舞的节奏，有种自成一派的热闹气息。

她找了个长椅，双手扶着靠背以一个极其霸气的姿势坐下来，决定思考思考人生。

在遇见乔柏以前，她对男朋友的幻想是什么样的呢？

身高至少一米八，有颜有身材，性格温和，好脾气，耐心会哄人，对她包容度足够强，然后最好也会再煮个饭什么的，这样不至于饿死或者天天喊外卖。

乔柏也就只会煮个面条吧？

再多，也就前两点符合那么一点点？

可是……

如果没打算真追他，昨天那些纠结的小心思算是什么鬼东西？得知弯弯只是一头宠物猪而他依然单身的事实后，丢脸之余的一丝丝窃喜又算什么？还有，她现在躲在公园里不敢去上班又是什么破情况？

到底有什么好在意的？

她百无聊赖地抠着手指，还是有些想不明白。

算了，想不通就想不通吧，船到桥头自然直，反正追还是要追的，先追到手再说吧！

她越想越乱，干脆直接起身往外走。

管他那么多呢！

兵来将挡水来土掩。

然后——

兵真的来了。

刚过了马路，林声还没走到警队门口，就看见一直等在外面的韦奕。

她还是一如既往地踩着恨天高，修身短裙，身材尽显，妆容精致，扬着下巴永远像只骄傲的大孔雀。

见林声过来，她先往前走了两步，一脸假笑："早啊！"

林声回头左右看了看，确定她是在跟自己打招呼，这才僵硬地扯了扯嘴角："早。"

礼貌性回应之后就打算进去。

韦奕却从后边追了过来，一副要跟她一起进去的架势。

最开始拦过林声的那个小警卫从窗户里伸出个脑袋，一脸为难。

乔柏之前通知过，要他以后直接拦下韦奕，但是现在，门口这俩姑娘就一前一后，刚才还打了个招呼的。

他也摸不准是个什么情况，正犹豫着要不要出声拦人。

已经走到门边上的林声忽然停下步子回头："韦小姐？"

"嗯？"韦奕愣了一下，抬头看她。

自从上次跟乔柏闹翻之后，她就再没来过，虽说对乔柏有点气，但心里还是抱着点别的想法。

比如，指不定他那天刚好心情不太好，才对她发了脾气？

冷他几天，指不定他就回心转意去找她了？

好吧，虽然这种情况并没有发生，至今为止似乎仍然是她单方面的冷战。

但是，她也没有真的就此死心。

一来，乔柏这个人除了性格冷淡一点儿，其他各方面真的没得挑，带出去比她圈子里那些花天酒地不入流的大肚男有面子太多，值得她再下点儿功夫。二来，她跟朋友打的赌还在那里，上次当着她们的面被训，她放下大话说乔柏会跟她低头道歉求和，可是直到现在也没半分动静，她总得想点儿办法找回场子。

门卫拦着不让进，想必乔柏是特意打过招呼了，那她就找个人跟着进去。

韦奕看着林声一笑，然后两三步追过去，很是自来熟地挽住她的胳膊："不记得我了吗？我是乔柏的朋友，我们见过面的，在商场那次。"

怎么不记得，乔柏避之不及的绯闻女友呗！

不过，她没记错的话，当时乔柏用自己做挡箭牌拒绝她来着，所以现在难道不该是情敌见面分外眼红吗？

摸不透她揣着什么小心思，林声不动声色地从她手里抽出胳膊，然后指了指旁边的警示牌。

闲人免进。

韦奕的脸色明显冷了一下，很快又挂上笑意，提了提手上的便当盒："一起走啊，我来给乔柏送早餐，前段时间有事去了趟外地……哎，对了，我还帮他买了几条新领带，我朋友帮忙找的私人订制款，但是我觉得也就那样，也不知道他会不会喜欢？"

林声："？"

所以呢？

关我屁……什么事呢？

“再见。”林声赶着时间上班，没心思听她在这儿显摆。

“林警官！”韦奕扬声，又喊住她，淡淡地笑了下，“你该不会还惦记着上次在商场的事情吧，还是真的对乔柏动心思了？”

林声没搭理她，直直往里边走。

韦奕却不放人，追上去一把拽住她的手腕：“林声，你不用在我面前装了，我知道你们只是同事关系，我们也就是之前闹了点儿矛盾，乔柏才用你刺激我，但是我劝你适可而止，不要妄想假戏真做，真以为自己能怎么样？”

“毕竟，”她挺了挺胸，走到她身边，将人上下打量了一番，“乔柏不喜欢你这种类型，第三者插足可不是什么好听的事！”

林声：“？”

有病吧？不需要对手自己都能跟自己尬完一百场戏份？

林声皱了皱眉，她终于理解为什么乔柏躲她跟躲疯狗似的，换她有这种极品的追求者，估计都想一头撞死算了。

“韦小姐，”林声气笑了，“没什么事情的话，直走左拐，那边有公交车站。我，人民的公仆，还要忙着上班，您自重，好吗？再见。”说完甩开她的手臂就往里走。

韦奕一直不相信乔柏和林声有关系。

毕竟她追了这么久都没有消息，怎么可能神不知鬼不觉就跟一个小警员在一起了？

所以在门口碰到林声的时候，就想跟着她混进去，再顺便在她面前示个威，刷一波优越感，诈一诈这两个人的关系，结果现在直接被对方无视。

她脸上的假笑都维持不下去，在乔柏那儿积的火气也全部撒到林声身上，她一把拽住林声的手臂："林声，你算个什么玩意儿？"

警局门口的战争。

来来往往有不少路人已经看过来。

林声深吸一口气，耐性耗到了极致，把韦奕的手从自己胳膊上拿开，反握住她的手腕，拽着人就往旁边的巷口走。

半天都没好插手的小警卫不好擅离岗位，急匆匆地从兜里摸出手机："喂……"

4.

乔柏昨晚通宵审讯白锡。

白锡这家伙十分精明，表面上一副老实交代乖乖配合的样子，反反复复说的却都是些真假掺杂无关紧要的东西，他是硬生生跟这家伙耗了半晚上，才撬开嘴巴挖到一点儿内幕。

鹰哥入了一批新货紧着出手，但最近风声很紧，境外那帮人又临时压价，双方谈不拢，东西又不好转移，只好找了个隐蔽地方先堆着，最近打算跟境外另外一个上家合作，交易的具体事宜和时间还在商谈之中。至于囤货点，白锡咬死了说自己不知道，他这段时间替鹰哥去滨城那边拿货了，这次回来鹰哥还没通知他落脚点，自己就被乔柏他们拿下了。

丢失的都是国家重点文物。

他必须赶在他们进行交易之前弄清楚这批货物所在，好阻止文物的外传流失，最好能够趁此机会将这帮人一网打尽。

乔柏捻了捻眉心，仰靠在椅子里，因为熬夜的缘故，眼底泛着一片青灰，下颚隐隐冒了层青色胡楂儿。

手上一份审讯记录已经被他来来去去翻了好几遍。

空闲下来，他就有点心不在焉。

昨天自从林声受了点伤之后，自己的反应就有点反常，更反常的是，做完那些事情之后他才后知后觉反应过来。

平心而论，如果昨天是李子或者唐安、陈韬他们，他会那么做吗？带人回家休息？买小吃给他们？

乔柏有点难以忍受地皱了皱眉，有点恶心吧？

一帮糙汉子。

那假如换作是程骆呢？

她应该不会喜欢那些乱七八糟的小吃。

他的交友范围不广，又忙于工作，平日里走得近的也就这些人，但是很显然，这样对比并不能得出结论。

他又想到林声。

从她入职那天起，他就打定主意要把她从警队赶出去，可是这么长时间过去了，她还安安稳稳留在警队，倒是他好像早就已经忘了最开始的打算。

老实说，她跟自己并不是一类人。

她热烈、开朗，甚至冲动、跳脱，对任何事情都抱有绝对的热情和好奇，完全不同于他的冰冷、固执、理性。

无论是朋友还是其他，从一开始根本就不在他的考虑范围之内。

可是现在呢？

——“如果我赢了，你就让我追你怎么样？”

——“毕竟我马上就要开始追你了，不是自己人吗？”

——“乔队，我在追你，你知道的吧？”

他想着就有些躁，起身把手里的审讯记录合上。

“乔……”

李子敲门进来，看见自家老大的脸色，心里没来由地一凛。

这是磨案子把老大磨出脾气了？

他也不敢多问，连手上的动作都放轻了点儿，把早餐和咖啡放到桌子上：“乔队，那个，我们轮流磨着白锡那家伙，但他就是怎么都不开口，不过大胡子……啊呸，就那个李弘博，估计是新来的，手机上东西没处理干净，唐安已经拿去跟技术科同事研究了，估摸着晚上之前就能查到线索。”

乔柏接过早餐，“嗯”了一声：“白锡那边别放松，继续磨着问。”

李子应了声好，刚准备走又被乔柏喊住：“李子？”

“哎！”李子一阵紧张，“还有什么要交代的吗，还是有什么新发现？”

乔柏喝了口咖啡，掀起眼皮看他，面无表情：“你有女朋友吗？”

“啊？”李子愣了一下，脑海里瞬间划过几百种揣测，最后干巴巴地清了清嗓子，红着脸，“我……我没有。”

“那你——”

“乔队，”李子匆忙打断他的话，咳了两声，有点不好意思，“您能力很强，也很专业，我们大家都很敬重您，但是吧，我……我喜欢女人……”

得，都用“您”了。乔柏微怔，然后才反应过来他在想什么：“滚。”

李子慌里慌张地溜了。

“等一下。”

“乔队，我真的……”

“林声人呢？”

“林小妹还没来，”李子总算松了一口气，生怕他发脾气为难林声，又补充道，“昨儿不是受了点儿伤嘛，兴许是……”

话没说完，唐安火急火燎地跑进来，手里还攥着手机：

“乔队，声姐……声姐把韦奕拉到小巷子去了！”

乔柏皱了皱眉，放下早餐起身往外走。

“怎么着啊，林警官？”

韦奕甩开林声的手，整理好自己，撩了把头发，把玩着自己新做的指甲低笑一声：“把我带到这边想怎么样？我刚刚说第三者上位戳到你的痛处了吗？”

林声发现这人真的很爱给自己强行加戏。

“敢做不敢当吗？林声，你说你小小年纪好的不学，怎么尽动这些歪心思？要不要点儿脸？乔柏也就利用利用你，你还真把自己当根葱啊？”

“对，”林声抱臂看着韦奕，把她刚才说的话全部给她还回去，“我就是小小年纪不学好，不过也还真有那么点儿利用价值，不像韦阿姨您，一把年纪了就安安分分在家里待着，别想着出来啃嫩草，还一口一个第三者上位给人扣盆子……”

韦奕气得根本听不下去，趁着小巷子没人，也不用顾及形象了，抬手就要甩林声巴掌。

林声眼疾手快，一把钳住她的手腕：“动手之前想清楚了，你打得过我吗？韦奕，有火气别往我这儿撒。你跟乔柏那点儿破事我也知道，别以为追了他些日子就真的是人家女朋友了。做人得有点自知之明，你几斤几两自己心里没点数。”

林声嘴巴不停：“再者，男未婚女未嫁，21 世纪了又是婚恋自由，我追乔柏一不犯法二不违道德，将来崩了也就两瓶酒的事儿，成了就民政局俩红本本，成败都跟您没半毛钱关系。我这人一向尊老，敬您一把年纪了不跟你计较，今儿把话说到这份上，你语文及格了的话想必也能听懂人话，也希望您能爱个幼，以后别再在我这小年轻头上乱安罪名，毕竟年轻人脸皮薄，也做不出死缠烂打还扬扬得意的事儿，成吗？”

韦奕气得满脸通红，下意识地想动手但发现自己手腕还被对方攥着，踉跄挣扎着抽出来，趁她不留意猛地就扑上去。

她指甲很长，林声又背对着墙壁不注意没躲开，一把呼过去，林声脖颈间立马一道血红的印子。

林声反应也快，反手拎着韦奕往外推了一把。

力道不大，韦奕却顺势往后踉跄了好几步，大有摔下去的架势，路过的人往这边多看了几眼。

林声还没来得及说话，韦奕瞬间又红了眼眶。

林声："？"

大姐，宫斗剧看太多了吧？

演技这么好怎么没搬一座奥斯卡小金人回去？

该说的都说了，林声也懒得再跟这个精神病纠缠，看了眼时间，转身准备回队里接受乔大队长的教训。

结果一回头，"咣"地撞上人，她抬头对上乔柏的视线。

"呃，乔队……"

难怪那个神经病刚刚突然飙起戏，这下玩完了，迟到不说，还被看到自己打架斗殴……

乔柏冷着张脸，目光落在她颈上的血痕上，脸色又黑了几分，语气冰冷生硬："你不是挺能耐吗？"

换了平时，林声肯定要杠两句：是很能耐啊，那跆拳道冠军也不见得能玩得过不按套路出手的泼妇哇！

但她余光瞥见旁边的韦奕泫然欲泣马上就要"嘤嘤嘤"的表情。她偷偷伸出手想往脖子上的伤口按，疼出点儿眼泪花来酝酿演技。

她的手还没碰到脖子，就被乔柏"啪"地打掉。

力道不大，林声却借此蓄势，偷偷瞄了一眼旁边咬牙切齿的韦奕，然后装模作样地顺势"嘶"了一声，嘴唇一咬，眼泪就在眼眶里打起转来。

乔柏愣了一下。

他刚才根本没用力，不至于到这个地步，以为是她们刚才争执的时候被牵扯到了手上的伤口。

他脸上阴沉的表情松动了几分，伸手拉过她，略微低头，去检查她的伤口。

他手上的动作看上去生硬又粗鲁，语气却不自觉软了很多：“疼吗？”

林声刚才也就纯属是为了跟韦奕斗气，才随便演了下，但其实伤口并没有什么问题。

她也没料想乔柏会有这番举动。

她耳尖一热，稍微动了动，胳膊被人一把抓住，乔柏冷着声音：“别动。”

她被这么一抓，鼻尖撞到他胸口。

突然拉近的距离，铺天盖地都是他的气息。

她呼吸一紧，咬牙用力攥住手心。

乔柏侧过头看了她一眼，将人松开，面无表情道：“没事。”

似乎也意识到刚刚的举动有些过分亲昵，他又恢复冰冷的语调：“上班时间，你要是觉得自己太闲了，我可以帮你换个位置。”

林声刚想开口，他自己抬脚先走了。

从头到尾，他看也没看韦奕一眼。

林声加快脚步小跑着追上去。

“嘿嘿嘿，乔队，你刚刚耳朵怎么有点红？”

乔柏：“……”

“你别生气啊，我没打人。”

“那你把人带去小巷子？”

“我这不是担心，万一动起手来，在警局门口影响不好嘛！”

“……”

“没事儿，你放心，我没穿警服，”林声笑嘻嘻，“没人认得出来。再说了，要动手也不会让人看出来呀！”

乔柏：“……”那我是不是还得夸你？

“乔队你怎么走那么快，你是不是就想让我追你啊！”

……

第九章

Chapter Nine

我救你一命，
你是不是得以身相许？

1.

这两天的事情，林声和乔柏谁都没有再提。一个还是冰冷得跟机器人似的埋头处理工作，一个还是工作之余就跟大家插科打诨，时不时再跟队长怼一波。

也看不出来有什么，但是大家总觉得办公室气氛发生了点儿微妙的变化。

午休的时候，唐安伸着脑袋凑到林声这边，嘿嘿笑了声：“声姐？”

林声找了张地图，正在圈圈画画找着鹰哥的囤货点，头也不抬：“怎么啦？你那边查出什么了吗？白锡有没有再说点儿什么？”

“嘴巴严着呢！”唐安叹了口气，“这事儿还得靠乔队，不过他这两天也太辛苦了，昨晚又是通宵。先缓缓吧，我下午再去技术科那边看看李弘博的手机恢复得怎么样了！”

“嗯。”

“不是，声姐，”唐安又凑近了点儿，在她桌子上敲了两下，“现在是休息时间，你怎么跟乔队似的，不打算吃饭啊？”

“哪能啊。”林声把手里的笔放下，捞过旁边的盒饭打开，“吃吧，姐陪你。”

李子趁陈韬不注意，从他饭盒里偷了一块肉，又装作若无其事的样子过来打唐安的主意：“小唐子，说什么呢？”

唐安很警惕地把饭盒往林声那边移了一点儿，成功地收获了李子的一个白眼。

“声姐，”唐安也不搭理李子，扭头看向林声，压低了声音，“问你个事儿呗！”

“嗯？”林声吃着饭，眼睛还在瞄地图。

盘踞在西北一带，便于与境外交易，又要便于运输文物而不被察觉，并且便于藏身。权衡地理条件，最有可能安营扎寨的无非也就是平阳、安城、佳木这几个地方，一来这些地方地广人稀，经济也不是特别发达，甚至有些偏远，他们即便有什么行动，也不会太引人注目，二来处于国界边缘，交易或是跑路都会比较方便，而且……

“声姐？”唐安推了推她的胳膊，“问你话呢。”

“什么？”林声回过神来，有点茫然。

“那个，”唐安用眼神指了指乔柏办公室的方向，笑得意味深长，“你是不是真把乔队拿下了？”

林声反应了一秒，才笑了下，往嘴里扒了口饭：“你猜？”

“我猜搞定了。”他想了想，“声姐，你这不声不响的，什么时候的事儿啊？”

林声挑眉，一脸神秘：“你怎么知道我搞定了？你们老大那性子你又不是不知道，哪是一般人三两下就能搞定的？”

唐安笑了：“很明显嘛。那天你晕血，你是没看见乔队那个表情，‘唰’一下，脸色立马就变了，特吓人！我跟乔队这么几年，都还没见过他这么紧张过谁呢！”

这样啊？

林声眼角一跳，有点走神。

“声姐？”唐安抓耳挠腮，“你就跟我透露点儿呗，我不告诉别人成不？”

隔了一会儿，他有点不好意思地摸了摸鼻子：“那什么，声姐，你看乔队跟程骆关系不是挺好的吗？”

“我不是那意思，声姐，”唐安急着又解释，“我是说，他俩性格挺像的，你能不能也教我一下，怎么追人，要不你去问问乔队也成啊，帮我打探下女神的喜好什么的，我请你喝奶茶，行不行？”

林声回过神来，笑了下，故意逗他：“奶茶啊？”

“追个屁！”李子狼吞虎咽吃完饭，还从唐安手里抢了两块肉，然后才一脸满足地擦了擦嘴，“小唐子你别为难林小妹成不成，知道女神是啥不？神，只能膜拜那种，你这人思想有问题了，还想把女神弄回家？”

唐安愤愤地揍了他一拳：“你闭嘴！”

林声摸出手机一边点奶茶一边乐呵呵地盯着他俩日常互怼。

外卖小哥速度不错。

林声吃完饭没多久，电话就响了。

她盯着电脑，看也没看抓起手机就接过来：“喂，你等下哈，我马上出……哎？不是啊，快递？”

对方似乎也愣了一下，又确认一遍：“请问是林声小姐吧？”

“嗯，”林声把手机拿下来看了眼，是本地号码，而且有快递标记，“是我，不过我最近没买东西啊。”

“我这边也不清楚，或许是您朋友什么的送的？地址是海安市雨林区东晨路 100 号景苑公馆 1507 室。没错吧？”

“没错。”

林声应着，然后拍了把唐安，给他递了个眼色，比着口型：查这个号码。

唐安不清楚情况，但也不敢耽搁，二话不说开始敲键盘。

“对对对，”林声继续对着电话拖延时间，“我现在不在，你看能不能换个地方给我送下？”

对方似乎突然没了耐性：“大姐，我这货多着呢，买东西时你地址不写清楚，我给你丢楼下自提柜了，你自己下班取了吧。”

“不——”

“嘟”的一声，电话挂断。

屏幕暗掉，林声扭头看向唐安，唐安一脸无奈。

“如果只顺着这个号码查下去呢？”林声不死心地又问了一句。

唐安还没开口，她又低了低头，自问自答：“算了，要真是有备而来，这个号码也查不到什么有用的信息。”

“会不会是你多虑了呢？”唐安觉得林声的警惕性现在跟老大有那么一点像，“说不定真的只是个快递？”

林声摇了摇头。

她有个习惯，在网上买东西的时候从来都是用“小林同学”代替真名。她又从家里搬出来不久，景苑那边的地址除了家人也就只有奚凯和陶桃知道，就连乔柏也是那晚送她回去才知道，爸妈没有习惯也不必要费心思从网上买东西给她，奚凯和陶桃更不可能，他俩知道她时常不在家，都是买了东西然后有空再拿过去给她。

再者，对方确定地址格外仔细，完了之后态度就变得特别不耐烦。

林声总有种不太好的预感。

但是现在查不到什么，她也没多说，正想着，手机又响起来，她抓过来接了。

这次真的是来送奶茶的快递小哥。

行吧，先喝完奶茶再说。

林声接过奶茶强行给唐安、李子他们都分了一杯，还怂恿唐安去给女神送一杯，然后自己拎着剩下的两杯直接拐弯进了乔柏的办公室。

“乔队？”

乔柏一抬头就看见她手里拎着的奶茶，下意识地皱了皱眉：“我不喝。”

“我没说要给你哇！”林声打开其中一杯奶茶，美滋滋地吸了一口，长长地喟叹一声，“美味，满足！”

“少喝点儿这种东西。”他见林声喝得起劲，还是没忍住说了两句，“甜味剂勾兑，也就骗骗你们这种小姑娘！”

“你懂什么？”

林声走过去绕到他椅子后边，低头看着他电脑上的资料：“这喝的是种感觉，要是都像你活得这么古板，人生还有什么乐趣？哎，你这边案子怎么样了？”

乔柏不知道她哪来这么多歪道理，不想跟她理论：“白锡还是不肯说出他们的老窝。”

“不过，从他说的情况还有那天走的路来看，我觉得，”他晃了晃笔，指着地图上做了标记的地方，“我猜他们应该活动在这一带，平阳这边地广人稀，范围越广的地方搜索难度越大……附近都有小村落，治安很一般，他们只要没有特别大的动作，在这里就不会引起警方注意，而且，平阳西边、北边都与其他国家相接，一旦带着东西过了界，警方再追就有点麻烦了。”

听完乔柏的分析，林声咕噜咕噜地吸了一大口奶茶，然后笑：“不错啊，乔队，英雄所见略同。哎，你真不喝？这家奶茶特别好喝，你就试一口？”

乔柏没理她。

“你喝一口，”林声不死心，“我告诉你一个新线索，就我刚刚才得到的，独家消息，骗你是猪。”

乔柏这才掀起眼皮看她。

林声双手合十：“就一口就一口。”

她就是想看看男神仙走下神坛沾烟火味的样子。

顿了顿，乔柏伸手。

林声立马打开奶茶盖子，插好吸管，递到他手里，还不放心，又抓着他的手腕往他嘴里送。

眼看着乔柏要喝下去了，桌上的手机一阵振动。

乔柏放下手里的奶茶，看了眼屏幕，拿起来放到耳边。

“歆歆？”

欣欣？馨馨？昕昕？

怎么听都是个女孩的名字，林声立马警觉起来。

这个人桃花这么多的吗？

好在乔柏也没避她，一边整理桌上的东西一边对着电话：

“嗯，在上班。”

“爷爷随口说的。”

……

林声隐隐听到对方说的“相亲”“女朋友”这些字眼，她故意清了清嗓子。

乔柏看了她一眼，按着她的脑袋将人往外推，下意识地跟她解释了一句：“我表妹。”

说完才反应过来，自己根本没有必要解释。

两个人对视一眼，乔柏飞快地移开视线，对着电话：“没有女朋友，是同事，在说案子的事情。”

林声偷偷弯了弯嘴角。

下一秒，乔柏脸色冷了一瞬，因为他听到手机里传来一句：

“哥，晏鸽回来了。”

林声脸上的笑容淡掉，用口型问他：怎么了？

乔柏看了她一眼，没说话。

电话那边韩文歆还在说：“她让我替她跟你说句‘对不起’，有时间的话出来碰个面吃顿饭吧？”

“……”

“哥？你在听吗？小时候不懂事，过去的事就过去了，你也别太往心里去了啊，一个大男人得有点肚量……”

“这也是她让你说的？”乔柏忽然出声打断她，语气生硬，“你告诉她，既然这事过去了，那就没必要再翻出来道什么歉，我也没往心里去。”

那边沉默了片刻，然后似乎捂着电话跟旁边的人窸窸窣窣低声说着什么。

乔柏直接出声：“韩文歆你要是太闲的话，我可以帮你跟舅舅说一声，毕业论文选题给你增加点难度，没事少搅和那些有的没的。”

那边还想说什么，他没留给她开口的机会："没事的话就这样。"

电话直接按断。

放下手机，他才看到旁边皱着眉头不知道在想什么的林声。

2.

说实话，林声和晏鸽的性格其实有点像。

热烈、明亮、无辜，又总会有点小聪明，满肚子小心思。

这也是他从一开始见林声第一面对她就不太有好感的重要原因之一。他总觉得，这种看似无辜又偶尔耍宝的女孩子，弯弯绕绕的小心思永远也揣测不出来，越是难看透的人越难打交道。他反倒更愿意跟程骆那样看上去冰冷但心思简单直率的人相处。

"乔队？"林声咬着吸管，从椅子上起身，"那个……"

话说到一半，她才反应过来，自己没有立场打探别人的私事，只好又默默地闭了嘴。

乔柏知道她想问什么，低头淡淡地笑了下："小时候的同学。"

说起来也不是什么了不得的大事，但是好像又隐隐改变了他人生的轨道。

很小的时候，他还没有像现在这样不近人情，甚至还有点跋扈，跟林声刚来的时候有点像，天不怕地不怕，做事全凭冲动，偶尔也跟父母作对，做一些离经叛道的事儿。

他也有资本。

他长得好看、聪明，反应快，动作敏捷，无论是学习还是打架，都是数一数二的那种，放在人群里数他最出挑。

所以他身后常跟着一帮“小兄弟”，大有一呼百应的架势。

那时候他跟晏鸽关系最好。很简单，因为那群人里边，只有她最聪明，反应最快，最能跟上他的思路和节奏。

然后有一天，她的小聪明就用到了他身上。

平日里跟他们待在一起的还有一个小男孩，瘦瘦弱弱的，性格也比较孤僻，经常受欺负，大家喊他“小布丁”。

小布丁在数学方面极具天赋，乔柏没事的时候就跟他一起玩数独，有时候晏鸽也会凑过来。

出事的时候，他刚想出一种新解法，一抬头就远远看见晏鸽甩着两条湿漉漉的袖子跑过来，他刚想笑话她这只旱鸭子根本学不成游泳，话还没出口，她慌慌张张地说小布丁落水了。

距离他们那里不远的废弃旧工厂有座水库。

乔柏愣了一下，也来不及多问情况，拔腿就往那边跑过去，又回头喊了声让晏鸽去找大人过来帮忙。

“然后呢？”林声撑着下巴咬吸管，腮帮子一动一动，“她没去喊人？把你丢在那里了，然后你和小布丁在水里挣扎了一个下午，被路过的人救起来才捡回一条命？还是小布丁……”没救回来？

乔柏抬眼看她：“她来了。”

晏鸽带着一群大人，还有乔柏的爸妈，一同跟过来的还有平日里的那群“小兄弟”。

那会儿，他已经将小布丁从水里弄上来了。

他浑身湿淋淋地躺在地上喘着粗气，乔爸过来冲着他就是一巴掌。

他这才知道，他们所得知的消息是，他和小布丁在这里做数独的时候发生了争执，他一时气不过，打斗过程中将人推下了水库。

水库旁边半湿的数独稿纸就是证据。

所有人七嘴八舌地指责起他来。

他想喊晏鸽出来替他解释。

她从人群里探出一颗小小的脑袋，一脸无辜：“小柏，一个游戏而已，你怎么能把小布丁……”

她的衣服已经换掉，干干净净的，没有丝毫从水边玩回来的痕迹。

林声没有想到他们高贵冷艳的乔队还有过这么狗血又可怜的经历。

“后来呢？”她问。

后来，小布丁保住了性命，但是因为大脑缺氧昏迷了很长一段时间，留下了很严重的后遗症。

警方介入后事情也查清楚了。

晏鸽跟小布丁发生争执失手推他落水，她因为太害怕了所以把事情推到乔柏身上。

细节已经记不清了。

但那次之后，平日里玩得好的朋友都开始疏远他，在大家眼里，他就是个小恶魔。

事后，晏鸽也跟他道过歉，再之后就搬去了别的地方。

不过，在那之后，乔爸就把他送进了军事化全日制学校，再到后来他一路上警校走到今天，养成了自律、独立又冷漠的脾性。

一个小姑娘的怯懦和小心机，伤害了小布丁，也从某种程度上改变了乔柏的一生。

这么多年过去，除了替小布丁遗憾之外，对那件事也已经没了多少感觉。

晏鸽的道歉早已无足轻重。

办公室里一片安静。

林声小口吸了口奶茶，半天也没说话。

其实她不是不能理解晏鸽的做法，毕竟一个小姑娘，害怕慌乱都是正常的，但这并不能成为转移责任祸害别人的理由。

“哎，乔队，”她笑了下，搞活气氛，“那是你没早点遇到我。我跟你说啊，我小时候可疯了，还有奚凯跟我臭味相投，谁敢多说我一句坏话，我能把他揍得贴到墙上抠都抠不下来！”

乔柏看了她一眼，笑了。

“嘿嘿嘿，小柏柏，你那会儿要是认识我‘小霸王·林声’，我罩着你！”

她说这话的时候，还撸了撸袖子，真的一副小霸王的架势。

“好好说话。”乔柏弯了弯嘴角，回过身，按掉手机上弹出来的消息，恢复工作状态，“故事给你讲完了。”

他象征性地抿了一口奶茶："说吧，你本来想跟我说什么线索？"

林声一愣，旋即想起来中午那个快递电话。

她想了下，扬着嘴角一笑，浪荡子味道十足："那你给大爷我笑一个！"

乔柏："……"

"嘿嘿，暂时还没什么新发现，"林声晃了晃手里的奶茶杯，起身往外走，"等我想到了再告诉你吧。"

乔柏："……"

快递电话的事，还没有真的确定。

刚才有点冲动了，现在静下来想一想，林声还是觉得暂时先不跟他说，免得又被说没有证据，感情用事疑神疑鬼，索性等她先顺着这条线查一查再看吧。

她走到门口，心里又有点没底，想了想又折返回去，笑嘻嘻地说："小……啊呸，乔队乔队！"

"说。"

"今天晚上，你送我回家呗？"

"理由？"

"我一个年轻貌美闭月羞花手无缚鸡之力的弱女子是不是，大晚上黑漆漆的，万一……"

"出去把门带上，谢谢。"

林声："好吧，那我换一个，作为绅士送一送他可爱的追求者兼小迷妹难道不好吗？”

乔柏嘴角抽搐。

“再换一个？”林声张口就唱起来，“你能送我回家吗，外面可能要下雨了……”

乔柏笔尖一顿，按了按额角：“林声。”

“好吧，不唱了，”林声往外走，“那你今天晚上送不送我啊？”

“看心情。”

四舍五入就等于送了。

好的，小的告退。

林声美滋滋地撤了。

3.

下午的时候，技术科那边恢复了李弘博手机里的部分信息，查到他之前跟同一个陌生号码较为频繁的通话记录，除此之外还通过手机里各种社交软件上的蛛丝马迹发现了他去过的几个地方。

再结合从李弘博和白锡嘴里审出来的消息，基本可以推测到，鹰哥最近活动在平阳一带。

只不过具体方位还有待进一步确定。

林声忙了一个下午，到天擦黑的时候，工作才勉强告一段落。

她心里总还惦记着中午的那个快递电话。

白锡是鹰哥的左膀右臂，知道的事情不少，他就这么被抓，之前放在车里的货也被警方缴获。

按说不小一笔损失，那边应该不会这么淡定。

趁警方忙着从白锡身上下手的时候铤而走险把东西尽快出手也好，想方设法尽快先出国避风头也罢，可这几天以来，他们竟然没有任何风吹草动。

林声整理完东西又去食堂草草填了个肚子，回来的时候准备喊乔柏送她回去，结果李子说乔柏被赵局喊走了。

她想了下，又跟唐安确认了一遍手机定位，顺手从他那儿拿了一只迷你定位器，然后出门打了车准备先回去看看楼下的快递柜。

已经过了下班高峰期，一路上也还算通畅。

只不过景苑正门那边的公路在整修，车子不好通过，出租车师傅就直接把林声放在了侧门口。

她付了钱往里走的时候，隐约觉得后边有什么动静。

天色已黑，侧门比较偏，路灯坏了几盏也一直没有修，再加上旁边又有一个垃圾场，按说平日里很少有人会来这边。

她想到中午打来核对地址的那个快递电话，心里隐隐有了揣测。

这么想着，她提高警惕，默默加快了脚步，右手也不动声色地探进裤兜。

经过转角处的时候。

她身后光线忽然微暗，伴随着浓重的烟味，一道黑影从后边扑过来。

好在林声早有防备，她俯身避开，反手去抓对方的肩膀，但他力气极大，侧身一躲甩开林声，从兜里摸出把明晃晃的尖刀。

光线很暗，他一身黑色长衣长裤，戴着鸭舌帽、口罩，包裹得很严实，只露出一双阴狠的黑眸。

她正面对着他手里的尖刀，被逼得不断后退，身后就是存放垃圾桶的墙角，她猛地抬腿踢向对方胯下，趁对方躲避之际从兜里摸出随身携带的小军刀。

来人身手丝毫不输她。

反倒是林声力气不足，两个人缠斗半晌眼看着她落了下风。

“林警官，”黑衣人嵌住她的脖子将人往后拽，“我还真是小瞧你了，两个兄弟都栽在你手上，不——”

林声狠狠地踩在他脚上，同时脑袋猛地上扬，撞到他的鼻子，手肘用力捅他的腹部。

她挣脱开来，黑衣人被激怒。

忽然，黑衣人被人从身后踹了一脚，他吃痛低叫一声，紧接着他的胳膊又被人往外折，骨头发出“咔嚓”的断裂声，尖刀落地。

黑衣人面色狰狞，扭头看到来人，忍痛甩了把胳膊，拼命往前一扑，林声重心不稳被狠狠撞了一下，两个人身形相错时，黑衣人一把拽住她，低声说了几句话。

乔柏往前追了两步。

一辆白色面包车疾驰而过，黑衣人推开林声，自己飞身跳上去，车门立马被关上，车子“轰”的一声扬长而去。

林声面色惨白。

乔柏看着远去的无牌面包车，眼神沉沉：“是鹰哥的人，动作还挺快，查到……”

他回过头来看见林声的脸色，眉心一皱，低头上下打量她，声音冷冽：“伤哪儿了？”

林声回过神来，很快调整好表情，扯了扯嘴角：“没事。突然蹦出个人影，有点吓到了。”她随口扯谎，神态已经恢复自然，把手里的刀收起来，活动活动手腕，“你怎么过来了？”

“不是说让我送你？”乔柏俯身捡起她掉在地上的包，往前走，语气淡淡的，听不出什么情绪，“等十来分钟的耐心都没有？”

他也知道，她平日里经常起些小心思，但也不是轻重不分的人，眼下案子正忙，她不大可能平白无故要他把时间分到送她回家这种事情上，除非是有别的什么想法。

林声张了张嘴，想说什么又止住。

她今天一直对那个快递电话心存疑虑，担心对方核对地址是为了在她回家的时候使什么手段，但是没有确凿的证据，她也不好大动干戈，所以只好喊乔柏送她回来，以免她一个人应付不来，漏掉什么线索。

可惜她只是猜中了开头……

她想到刚才那个人在她耳边说的话，长长地吸了口气，敛神大步跟上乔柏。

天已经完全黑下来，绕过几盏坏掉的路灯，再往前走几步，光线渐渐变得稍微亮些。

乔柏的背影笔挺修长，停下来等她：“唐安说你中午接到了个奇怪的快递电话？怎么没告诉我？”

“只是猜测。”林声低了低头，笑了下，半开玩笑，“不是你说的吗？工作不能太感情用事，我还没完全确定下来，只凭一通电话也说明不了什么。”

夜风涌过。

乔柏看着她。

她挺直着身子，头发扎成利落的马尾向下耷拉着，五官柔和，脸色还有点苍白，眼底有熬夜过后的青灰色，嘴角还扯着点弧度，笑意却不及眼底。

“林声。”他喊她，喉结滚动，半晌，又沉默下来。

他把手里的包递到她手上，别过头看了看旁边的楼：“到了。要我陪你上去吗？”

“不用。”

林声接过包，冲他笑了下，扭头就走。

按下电梯的时候，她又回头，动了动嘴巴：“乔队！”

乔柏看她。

“如果刚才你晚来一步，我是说如果，我被带去做了人质，”她问，“而且队里一旦行动会惊动对方，造成人质安全威胁，你能单独冒险一次吗？还是……”

说到一半，她觉得自己问的问题有点蠢，又收住话头，笑了笑：“算了，没事，电梯来了，我先上去了，乔队再见。”

乔柏点了点头：“有事给我打电话。随时。”

她扯了扯嘴角：“嗯。”

进了电梯。

林声脸上的笑意瞬间垮掉，她直接按了负二楼停车场，视线一直落在手机屏幕上的追踪定位图上。

电梯下降。

她的脑袋像被人闷声砸了一锤，太阳穴突突直跳，大脑一片混乱。

陶桃。

她本来喊了陶桃晚上过来跟她睡。

刚才缠斗之际，那个人跟她说的话还绕在耳边上。

——“我们在你手里折了俩兄弟，礼尚往来，也请你朋友过去坐坐。你们警察安分点儿，别找事，反正我们也是把脑袋挂裤腰带上的人，鱼死网破是不怕的。”

——“想清楚了，文物是国家的，朋友是你自个儿的，为几个泥玩意儿，值不值当？”

林声盯着电梯里不断变化的数字，头皮一阵发麻。

“叮”的一声，电梯到达。

她摸出手机打电话给陶桃，那边始终无人接听。

她强迫自己冷静下来，一边在包里翻车钥匙，一边抱着最后一丝希望给奚凯打电话。

奚凯接得很快："小林声？"

"奚凯，陶桃在你……"她单手打开车门，侧身坐进去。

"陶桃怎么了？"奚凯随口接话，大概是在看球赛之类的节目，旁边还有呼呼啦啦的欢呼声，他喝了口水，笑着分神道，"怎么，小林声，领证前夕，你把我媳妇儿拐去你那儿不说，现在还想打电话过来，是打算向我嘚瑟一下吗？哎，我跟你说，明儿可重要着呢，你别带我们家陶陶疯太晚了啊我跟你说，要是……"

空空荡荡的停车场，林声紧紧咬着手背，鼻尖酸涩，心头发苦。

领证前一晚，她把陶桃给弄丢了。

奚凯似乎也察觉到她这边不太对劲，他说到一半，停下来把电视声音调小。

"小林声，你怎么了？没事儿吧？"

她深深地吸一口气，牙关紧咬，稳住声音："没事。就是……就是觉得我们家陶桃就这么交你这个土老板手里，"她用力地咬着嘴唇，"便宜你了！放心吧，我肯定完好无损地还你一个天下无敌第一美的新娘。"

说完也不等奚凯回话，她就直接挂掉了电话。

现在确定陶桃真的被带走了。

林声心里一阵冰冷，注意力涣散。

她深深吸了几口气，趴在方向盘上缓了半天，才强迫自己冷静下来。

中午那通快递电话，就是来确定她的住址的。

或许本来打算对她下手，但是因为她今天加班回来得晚，那帮人过来的时候刚好撞上今晚来跟她睡的陶桃，所以直接将陶桃带走。然后在她进小区的时候又碰上，想对她下手的时候乔柏赶过来，这才罢休。

林声想到那辆白色面包车。

手机屏幕闪着荧荧的光亮，上边是追踪定位信息。

她从唐安那儿拿来的时候，也只是出于防备，因为总觉得中午的电话有问题，担心自己晚上回来遇上事情，所以才揣了个定位器在兜里。

遇到那个黑衣人，她自知打斗不过，情急之下把定位器塞在他身后的连帽里，以留了一手。

那会儿还不知道陶桃在他们手上的事情，现在想来，这个东西反倒已经成了定时炸弹，一旦被他们发现这个追踪器的存在，或许陶桃会更加危险。

这么想着，她脸色越发阴冷，嘴角紧抿。

她给唐安拨了个电话："你那边确定鹰哥的方位了吗？"

唐安还在加班："有个大致的揣测，但是还没有完全——"

"314 国道，平阳往西北方向，"林声低头看了眼屏幕上的红点，"目的地有可能在温溧村附近。"

那里地势复杂，邻近国界。

"哎，声姐，"唐安一脸狐疑，但手上的动作没有半分马虎，"你是不是查到什么了，乔队刚刚也……"

"联系当地警方做好准备，"林声打断他的话，冷静道，"跟李子说一声，你们三个小时后带人再出发，留意我的消息。"

唐安还想再问什么，林声直接挂了电话。

发动车子的时候，她想到乔柏临走时说的话。

“有事给我打电话。随时。”

她眼底神色微动。

4.

鹰哥那帮人藏得隐蔽，做事又谨慎狠辣，如果这次不是他们内讧闹出人命惊动警方，这个案子可能还是很难再有线索去追查。

所以这几天他们查到一些东西，但是迟迟没有行动，也是因为担心没有周密的计划和十全的准备，急于出警会打草惊蛇。

林声握着手机，眼神微沉。

压下对陶桃的过分担心，换个角度想一想，如果她是鹰哥一伙人，会怎么想？

今晚刚带走人质，有把柄在手，警方顾忌人质安全，至少暂时不会轻举妄动。按照警方的惯性行事方式，最多召开紧急会议，然后做各种分析，制订营救方案，调动警力，联系当地警方……

最快也得等到天亮的时候行动。

上次乔柏说过，鹰哥他们因为内讧惊动了警方，风头正紧，新收的一批货押在手里出不了，量大又不方便转移，相当于接了个烫手山芋，之前的合作方又趁机压价，他们不想吃这个亏，另外联系了别的人……

那么，不妨试着揣测一下。

白锡、李弘博被抓，按理来说现在也正是风声紧的时候，他们何必冒这个险再来抓她或是陶桃呢？

除非，交易谈拢，要出手了。

最危险的时候也是最安全的时候。

警方要确保人质安全，自然会转移一部分注意力，同时会制订更详尽的计划后采取行动将他们一网打尽。

那么，对于他们来说，天亮以前的这半晚上时间，也就是他们进行交易的最好时机。

换言之，过了今晚，他们一旦出境，这个案子有可能再次陷入死局。

林声之所以没有第一时间告诉乔柏，也是因为，他这个人，总要确确实实的证据、百无一失的计划才能相信，而不是凭空的揣测和贸然的铤而走险。

如果将这些告诉他，他会不会觉得她是为了救陶桃一时心急？

信不信他？林声打了把方向，车子驶入沉沉的夜色里。

她拨号的动作迟疑了一下。

唐安挂了电话，一抬头看到从办公室出来拎着车钥匙往外走的乔柏。

“乔队，”他挥了挥手，“声姐说……”

乔柏看也不看他，脚下步子不停：“鹰哥那边有动静了。”

唐安：“？”你也知道？

他刚张了张嘴，乔柏又打断他：“告诉老穆他们准备，你跟李子带人跟他们会合，全部都集中在昭安山附近，不出意外的话，鹰哥他们今晚进行交易。”

唐安吞了口唾沫，愣了愣：“好。”

回神的时候才发现乔柏已经没了人影。

不是，怎么回事啊？

商量好了的？

那为什么还要每人通知我一遍？

他也没敢多耽误，立马执行命令。

从市区到昭安山，三个小时左右的车程。

林声一边开车一边留意追踪的定位显示，她不敢加速太快追得太紧，担心对方起疑，现在只能祈祷追踪器不要这么快被发现。

昭安山是她根据那伙人目前的行驶路线推测而来的。

具体的交易时间地点都不得而知。

她捏着把汗，一路追着定位，半点都不敢分神，好在一路上还算顺利。

夜里十二点的时候，定位上的红点到了昭安山的一个小村落，再没有移动过。

山上的村子里住户很散，路况也不好，开车追上去动静太大，林声没敢擅动。

她把车子停在山脚下，裹了件黑色的冲锋衣，左右看了看，然后顺着山路往上走，生怕引起注意，她连手电筒都没敢开，就用手机屏幕细微的光线摸索着上山。

深夜里。

山上温度还是很低，周围漆黑一片，偶尔有不知道的小虫鸣叫和风穿过树林发出的呜呜声，林声紧咬着牙关，只顾着埋头快走。

大概走了一个小时，她总算见到点儿光亮。

是几间连在一起的老房子，旁边连着一间破破旧旧的老磨坊，黄色的老式灯泡发出昏暗的丁点光线，中间还有一片空出来的类似于院子的空地，旁边是废掉的小菜田。

倒是低调。

怎么看都不像是倒卖文物的大佬住的地方。

机场车站全面稽查，鹰哥他们这次也真是被逼得紧了啊。

看样子跟国外的上线估计也闹得挺僵。

这是打算干完这一票就撤了？

林声有一下没一下地胡思乱想着，然后低头瞟了眼手机，屏幕上红色的定位点显示就在眼前。

借着隐约的光线，她看到前面不远处停在路边上的白色面包车，然后按掉了屏幕，摸黑往前挪。

光线很暗。

林声屏着呼吸小心翼翼地移过去，车后备厢没有关严实，应该是挪动什么人或者东西之后草草甩上的，透过车窗，她看见副驾上胡乱丢着件黑色外套。

追踪器。

还在这件衣服上。

所以定位到这里没再动了。

林声一边盯着屋子方向的动静，一边伸手把衣服抓过来。

从这个角度看过去，隐隐可以看见屋内闪动的人影。

她把追踪器拿回来塞兜里，然后摸黑绕到屋后。

隔着破破烂烂的窗户可以看到坐在里边的一帮糙汉子，个个神色警惕，在最内间的小屋放着张折叠床，上边躺坐着个人，看不清楚脸，但是估摸着应该就是鹰哥。

他旁边的土炕上铺了张草席和灰蓝色的床单，最里边的地方堆着些大小不一的东西，全部用黑色篷布遮了起来，看不清具体东西，但是凭借轮廓形状，以及他们看护的程度来看，很有可能就是那批最近入手即将交易的文物。

她就看了一眼，没敢多逗留。

旁边连着的是一间漆黑的屋子。

林声放轻动作，小心翼翼地移动位置，打算偷偷去看下有没有陶桃的踪影。

走到一半的时候，有两个刚方便完吵吵闹闹回来的人往这边过来。她吓了一跳，立马后退两步弯下腰躲在面包车后的树旁边借着阴影笼住自己。

大气也不敢出一声。

等到那两个人走远了，她才动了动往旁边移了点儿。刚准备绕到屋后去看看情况，脚下忽然踩到块硬邦邦的东西，她错开脚，看见闪烁着的很细微的绿色光点。

是一部手机。

她俯身摸索着点开，屏幕上是陶桃的照片。

是陶桃的手机。

人就在这里。

她刚准备把手机踹进衣兜，前边黑漆漆的灌木丛里忽然动了下。

她心里一惊。

“这儿好像有人？”

有人扬声。

一阵窸窸窣窣的声音，屋子侧门被打开，几个穿黑衣服的人抄了家伙跑出来。

林声有点慌了神，脚下刚动，忽然被人从身后捂住口鼻，手上被人用力拍了一下，手机被甩出去。

“是我。”

她腰上一道力度，整个人被拦腰抱住往后移开。

“别动。”冷冽阴沉的命令，熟悉的味道。

她没来由地松了口气，脚下一个踉跄，暗叫“不好”，身后是被石块挡住的小坡道，两个人重心不稳，双双往后滚了好长一段。

周围一片漆黑，她紧紧闭着眼睛，七零八散的意识里，她感觉到脑袋被人用手死死护住。

好在坡道不陡，他们很快稳住身子，躲在几块破石头后边。

她吞了口唾沫。

有惊无险。

前边面包车位置传来不小的动静。

听声音应该有三四个人，骂骂咧咧的声音混合着棍棒的碰撞声，有人拎着手电筒前前后后胡乱晃着检查了一遍。

黑暗里光束格外刺目。

林声眯了眯眼睛，一只手掌覆在她眼前，连带着将她脑袋转过去埋在胸前，头顶落下压低的声音："别出声。"

她顺从地点了点头，动也不动。

夜里起了风，她稍微仰了仰头，映着一点点光亮，瞥见他突起的喉结，再往上是流畅硬朗的下颌线。黑暗里，他微微蹙着眉心，五官显得格外锐利。

林声抿了抿唇。

不远处那几个人晃了一圈没看到人影，捡起了地上的手机爆了句粗口：

"就这么一部破手机响了也值得你这么喊？这么多个未接来电，还真挺重要的啊。哎，我说张老九，你咋就㞞成这样子啊？"

"我这不是看见这儿忽然亮了一下嘛。咱这儿紧张，今儿晚上特殊情况，鹰哥交代了兄弟们多留点儿神，我也是怕……"

"你倒是怕个球，孙哥晚上不是掳了个妹子回来吗？天高皇帝远的，那帮条子现在估计急着想法子救人质呢！你没常识还是没看过电视啊，最快也得等明儿天亮了，那帮人才开着那破警车‘嘀哩嘀哩’地过来，给咱们这山头围住，整个大喇叭‘里边的，你们已经被包围了’……那会儿咱都拿了钱撤人了，谁还鸟他们……”

……

一阵哄笑，几个人的步子渐渐远去。

林声一口气终于松下来。

她拍了拍身上的土，从他怀里起身，有点不自然地咳了咳，抬头看了乔柏一眼。

“你怎么来了？”

“不是你让我来的？”

“我让你三个小时后再来。”林声纠正。

“三个小时后？”乔柏也站起来，声音阴冷，语气里的火气压都压不住，“三个小时候后来替你收尸？”

林声一噎。

她也知道自己这次行动有点鲁莽，但是这不是特殊情况嘛……

她没跟乔柏呛。

安静几秒。

乔柏刚刚也是一时气急，话一出口见她半天没反应，这才觉得自己刚刚那句可能说得有点过分了。

他别过头冷冷地看了她一眼，拽了把她的衣领，将人往身边带，语气缓和了一点：“觉得自己特能耐是不是？大半夜一个人上山？你知不知道……”

“不是还有你嘛。”林声根本没听完他的念叨，低声嘀咕了一声。

乔柏心里一动，咬了咬腮帮子，收住了话头。

“乔队，那我们现在……”她话说到一半，才忽然意识到不对，放眼看了看四周的景象，猛地别过头，衣领还被乔柏死死拽在手里，跟牵制什么宠物似的，她一下子就炸了，“乔柏你干什么？”

这是下山的路。

我辛辛苦苦摸黑跑上来，你刚来就又给我拎下去？

林声蹦跶着挣扎得厉害，乔柏始终冷着张脸，单手拎着她的后领，脚下步速半分不减。

“乔柏你放开我！我必须得过去救陶桃，而且我刚刚也看过了，我知道她在哪间屋子里，我还知道鹰哥和文物在哪儿，”情急之下，她又忍不住胡诌，“我还知道他们交易的时间点……你放开我！”

她被拎着往下走，又挣脱不开，生怕惊动人，也不敢声音太大，这会儿急得团团转。

“乔柏你个王八蛋！”

她咬牙切齿，气得急了连踢带踹。

乔柏被她折腾烦了，一把揽住她的腰，跟对付小孩子那样将人打横夹起来，加快了步速。

没时间把她送下山去。

半山腰有住户，可正是深夜，没有哪家开门。

乔柏目光一顿，视线落在不远处半开的木门上。

林声心里忽地生出一种不好的预感。

顺着他的视线看过去，就在十米开外的地方，有村子里搭建的简陋木棚，算是半个柴房，里边堆着很多柴火和……

“哞——”

“乔柏！”林声死死地扒住门框，仰着脸瞪他，咬牙切齿，“你今天要是敢把我跟这只牛关在一起，我告诉你……”

她用尽全身力气卡着门，一副死也不会进去的样子。

乔柏笑了下：“你不进去？”

“不进——”

她话没说完，他忽然俯身低头。

猝不及防。

蜻蜓点水的一吻。

更像是安抚小孩子的动作，隐约还带了点笑意。

林声则瞪大了眼睛，大脑一片空白，双手下意识地松开。

然后，她整个人被往后一推，不设防地踉跄两步倒在草堆里，还没爬起来，破破烂烂的木门“砰”地被人从外边关上，伴随着咔嚓咔嚓的声音，似乎还从外边弄了个木闩将门完全锁住。

林声：？

顿了两秒钟，她才突然反应过来，一骨碌爬起来疯狂拍门。

无耻！

心机狗！

乔柏已经走了。

她趴在门缝往外看，气得胡乱踹了两脚门，又不放心地冲他说了一下自己刚才打探到的小屋情况，也不知道他听到没有。

5.

乔柏走出去很远，仿佛还听得到她的声音。

他顿住步子，又回头往半山腰的方向看了一眼。

夜色沉沉，周围全是葱茏的树木和灌木丛，其实根本什么也看不清。

但他想象得到林声气急败坏的样子。

他摸了下嘴角，蓦地笑了。

也只是一瞬间。

他仰头看了看不远处亮着灯光的木屋方向，笑意悉数敛尽，扶正耳麦。

山里讯号不太好。

耳边一阵吱吱啦啦的声响。

“唐安？”

“乔队，穆哥那边我通知过了，十分钟后就位，我和李子再有半个小时到。”

乔柏侧身隐在树后的阴影里，抬头眯了眯眼，低声道：“先不要妄动，听我命令行事。”

唐安应声。

也不知道是因为太有把握还是因为太没有把握，鹰哥那边迟迟没有动静，说好的交易，与他们接头的人却迟迟没有过来。

乔柏是做好了将这帮人一网打尽的准备的。

从他得知林声中午接到莫名其妙的快递电话，到晚上在她楼下看到那辆白色面包车，他看到她骤变的表情以及之后欲言又止的吞吐，她之所以还能强装淡定一定是因为留了后招，再联想到她中午从唐安那儿拿走的追踪器。

他才放心回去联系平阳这边的老穆安排警力。

他赌的是她信不信自己，会不会把这件事告诉他。至于把她关在牛棚里，完全是出于安全考虑，她向来重感情，眼下还有几分理智，但紧要关头要是陶桃被胁迫，她冲动起来指不定做什么事情。

乔柏躲在暗处等了很久。

天就快要亮了，远处忽然有隐约的车灯闪过。

来了。

他摸了摸腰后，起身往旁边那栋漆黑的小屋后悄悄移动。

连在一起的总共四间小屋，最中间的两间亮着灯，按照林声所说，应该就是鹰哥亲自坐镇的货物交易地，右边那间黑漆漆的锁了门的小房子应该就是关着陶桃的地方。

把人质救出来行动才能不受掣肘。

他环视周遭地势，小土房后边还有道砸了一半的低矮围墙，他缓缓挪去。

看守人正打盹儿，似乎没料想有人过来，一抬头视线撞上乔柏时甚至还愣了几秒，没反应过来。

被人迎面一脚踹到小腹，看守人踉跄着后退两步瘫下去，还没来得及开口，喉咙一痛被掐住。

乔柏一记手刀下去，又准又狠。

看守人来不及出声便栽了下去。

耳麦里一阵声响。

唐安他们到了。

乔柏抬眼，隔着只破烂的空窗洞，映着对面屋里透出来的丝丝缕缕光线，隐约可以看见面前小土房里被捆坐在椅子上的女孩子轮廓。

他微微敛眉，单手撑着半高的断墙，纵身一跃翻进去，窗户不算太高，他进去毫不费力。

陶桃处于半昏迷状态，他往她脸上拍了两下，人好歹睁开眼睛了，但是还没完全清醒。

正门那边有人，不好脱身。

单独把一个基本使不上什么力气的人悄无声息地弄出去并不是很容易。

他皱了皱眉，解了绳索将陶桃扶着往窗边走。

人质已经到手。

“唐安，”他看了眼外面，沉声指挥，“行动。”

话音刚落，夹杂了骂骂咧咧的声响，屋外一阵急促的脚步声传过来。

乔柏心里一紧，将人往肩上一推，自己两手相叠，屈膝伏身，命令道：“上去！”

陶桃被他吼得清醒了几分，眼底的紧张和茫然还没有完全散去，下意识踩到他手上往窗户上攀。

乔柏用力将人往上一捧。

“扑通”一声。

陶桃连爬带摔翻了过去。

乔柏一跃，借力上攀，身后的脚步声却已经近了。

陶桃翻过外边的围墙回头看他，他冷着声命令：“跑！”

与此同时，有人走到门口，瞥见屋内的影子，愣怔一秒：

“谁？”

“老六，快，这儿有……”

话没说完，乔柏过去就是一拳，往前两步又反手钩住紧跟在他身后跑过来的人用力一拽，屈膝横撞上去，对方闷哼一声，他顺势就往外跑。

远处依稀已经有警笛声响起。

邻屋乱成一团。

情急之下，竟然还有几个亡命之徒拎着家伙直追他过来。他以一敌多，到底有些力不从心，耳后铁棍带起一阵风，他应对着正面几个人，躲闪不及。

紧要时刻，只听到身后痛呼一声，棍子应声落地。

“乔队，你以为一个牛棚就关得住我啊？”林声得意一笑，还有心情说笑，“我救你一命啦，你是不是得以身相许？”

乔柏有些头大。

不过也没工夫训她。

面前这几个人大概知道自己逃不脱了，个个动起手来都玩命似的。

鹰哥手忙脚乱地带着东西被几个保镖护着从屋里窜出来，也顾不上乔柏和林声他们，气恼地爆了句粗口，一咬牙声音里都带着些慌乱：“保护我，撤！”

来不及了。

乔柏早前就已经跟当地警队老穆打过招呼，这会儿开始行动，一群便衣从对面上头齐刷刷上来直接切了他们的后路。

“不错啊！”

见状，刚追出去的林声收住步子，勾了勾嘴角，回头冲乔柏竖了个大拇指：“乔队，你——”

她笑容还没浮上来，脸色忽地一变：

“躲开！”

乔柏正侧头对着对讲机指挥唐安，猛不防被她撞了一下。

一声痛苦的低呼。

他下意识伸手一把将人捞住。

刚从屋后蹿过来的男人还不死心地挥着刀往乔柏这边刺过去，他皱了皱眉，单手扶着林声，回身一脚横踢，刀具落地。

刚赶过来的李子眼疾手快立马扑上来将人钳制住，看了眼林声的方向，抬脚对人就是一顿踹，额头青筋暴起：“你这龟孙子还真活腻歪了？”

“林声？”

林声整个人瘫软下去，发不出声音。

乔柏面色一沉，手里满是黏腻的温热触感，浓烈的血腥味入鼻，他脸色难看得骇人，声音都隐隐有些颤抖：“林声！”

李子这才看到乔柏衣襟前大量的血迹，心里一沉，火急火燎地说：“唐安你还愣着干啥，快打电话啊！”

“林小妹！”

“林声……”

第十章

Chapter Ten

想试试吗？
从恋人的关系开始试试。

1.

文物盗窃团伙成功被捕。

以鹰哥为首的一干人全部被控制，他们内部决裂严重，没费多少劲儿审讯就套出了不少消息，顺着这条线顺藤摸瓜查出了一整条文物倒卖链，也算是剜了这边的一块毒瘤。

案子进展得很顺利。

林声醒来的时候，耳边是电视机里新闻主持人关于案情的报道，夹杂着叽叽喳喳讨论这件事情的声音，吵得她脑仁一阵一阵地疼。

“……你说这帮人怎么想的，什么负责偷的，负责卖的，联系上下线的，还各司其职分工明确啊？都形成产业链了这是，有着精力干点正经生意早发家致富了吧？”

“哎，林子大了，什么鸟都有，总有人想走所谓的捷径不是？就是可怜了我们家小林声，呸！活该，谁让她英雄救美，我们这种大男人皮糙肉厚的，一刀下去就一道疤的事儿，用她替那谁乔柏挡刀子？”

“奚凯你有病吧？这能怪声声？”

“不怪她怪我啊？早就说了不让她进警队，偏不听，上次划后颈，这次直接捅胸口，白刀子进红刀子出，一个小姑娘而已，至于吗？老爷子那边我现在还瞒着呢，叔叔阿姨我估计是铁定瞒不住，不信你等着，最晚明天早上，小林声还得再挨他们一顿骂！”

“所以你还有心思在这儿说风凉话？”

“这你就不懂了吧？我现在趁着她还没醒，先骂骂预个热，等她醒了刚好接受二老的正式批斗！”

闭着眼睛的林声：“……”那我还得谢谢你奚老板啊？

“再说了，”奚凯说起来还气，“她这么替人拼命，那乔柏怎么对她的？从入职第一天就‘无脑’针对，不是，我就想不明白了，我们小林声是哪里差啊还是怎么着他了？这也就不说了，替他挨了一刀，他人呢？现在连个影子都没见到，这人根本就是石头做的，没良心！”

他越说越气：“下次别让我碰见，看我不揍死他！”

林声那点睡意也没了。

哎呀，这话听得她还有点小感动呢！

不过乔柏真的都没过来看一眼她这个伤号吗？

她心里又有点不是滋味。

“你懂什么！”陶桃倒了杯水，反驳他，“你想想，当时那情况要是换了是我，你会过来帮我挡一刀吗？”

“那还用问？”奚凯忙表忠心，“上刀山下油锅……”

“停停停，别扯那些，重点来了，你难道不觉得声声跟乔柏……你懂我的意思吧？”陶桃意味深长一笑，“还有，你不知道情况别乱扯，你以为就你来得挺早啊？人家乔队长，啧啧啧，在这儿守了一整晚呢，就早上你过来之前十分钟接了个电话才刚走！你懂个鬼！”

哎？

嘿嘿嘿。

林声听着，心里瞬间阴雨转晴。但表面上还是无动于衷，她装作一副刚醒来的样子，慢吞吞地睁开眼睛：

“陶——”

林声话没说完，一睁眼刚好撞上推门而入的人影。

他脸色不怎么好，下颌有一层淡青色的胡楂，身上的衣服都没换，胸前还残留着没处理干净的血迹，整个人还保持着推门的动作，视线相对，他眼底的光沉了一瞬。

“啊，声声你醒了？”

陶桃跟奚凯看见林声醒来，两个人满是惊喜地凑过去。

陶桃问：“你饿不饿，还是想喝点儿水？”

说没说完，身后有细微的声响。

陶桃回头，看见拎着早餐袋子的乔柏。

“那什么，声声，”陶桃很有眼力见儿地拽了把奚凯，“我们先下去吃个饭，你有什么要帮忙带的等会儿发微信给我！”

说完也不等林声说话，两个人便齐齐退了出去。

病房里安静下来。

乔柏俯身把手里的早餐放在桌子上，洗干净手，走到床边上伸手摸了摸她的头，脸上没什么表情：“还疼吗？”

“疼。”林声一秒变娇气包，哼哼唧唧，“特别疼。”

他皱了皱眉，但也没有办法。

这事儿，他替不来。

林声侧过脑袋仔细盯着他的表情。

疼是少不了的，但其实伤口不深，没有伤到要害，也没有真的像她刚刚说得那么疼，她就是想看看他的反应。

乔柏掀起眼皮回看她，声音比平时温和了很多：“下次碰上这种情况，退远点儿，保护好自己。”

“我不！”林声难得见乔大队长说出这种话，故意逗他，“乔队，不是你说的吗？做事情不能只凭感情，任何时候以工作为重，要理性，那你想想你刚才说的话，是一个警队队长该说的吗？”

乔柏看了她一眼，没接她的话：“要喝点儿水吗？你暂时还不能吃东西。”

“乔队。”

林声觉得教训乔大队长的感觉还不错，故意气他：“从理性的角度来思考，你各方面都比我优秀，所以当时那种情况，牺牲一个我而保住一个更优秀的国家人才，难道不是最明智的选择吗？再说，这次行动事关重大，不是乔队你说的凡事要以大局为重吗？我将个人生死置之度外，追击嫌犯，打探地势，也及时跟你汇报了，我……”

“林声。”

乔柏扬了声音，下颌紧绷，猝不及防将手里的杯子“啪”的一声重重放在桌上。

他也知道她是故意说这些话。

可是现在再回想当时那种情况，他满手都是她的血，他就觉得后怕。

“你是不是觉得自己挺能耐？”

再一出口，方才的温和语调瞬间消失得无影无踪，语气里是连他自己也没察觉到的紧张和压抑着的怒意：“你觉得自己挺身救人很光荣对吗？不服从命令，自作主张，逞英雄……我以前跟你说过什么你是不是从来不长记性？”

他说不下去了。

他自认为是审讯高手，但好像每一次在林声这里都会有些力不从心。

老实说，他其实也清楚，自己说的这些都是莫须有的罪名，这次行动里林声没有太过头的错处，从一开始就及时跟他打电话做了汇报，然后及时开车追出去，掌握对方行迹。

甚至包括她最后替他挡的那一刀，如果是他，于情于理也都会毫不犹豫挺身而出。

换了其他任何人这么做，他也都不会像现在这样指责。

可是现在，感性似乎已经压制了理性。

他的火气压不下去。

林声也被他这突如其来的怒火给吼得来了脾气。

“乔柏你是不是有病啊？”她气得脸通红，“冲我吼什么吼？你是不是真以为我要追你你就很了不起啊？我不服从命令我逞英雄？我救你还救错了是不是？”

“乔柏你怎么永远都觉得自己是对的？”她气极了，说话前言不搭后语，“今天换了程骆躺在这里你也会这么吼人吗？就你这种臭脾气，活该追不到女神，活该单身！对了，你平白无故把我锁进牛棚那件事我还没跟你算账呢！于公，正常执行任务过程中，你不顾大局对同事下手。”她气急，脱口而出，“于私，非男女朋友关系，你凭什么亲我啊！”

说完，两个人都是一愣。

不提还好，她这话一出，原本剑拔弩张的气氛好像又突然多了一层尴尬。

说话怎么就不过脑子呢！

林声有点懊恼起来。

她想挽回点儿什么，张了张嘴又说不出话来，顿了顿，只好别过脑袋移开视线装死。

但她大概忘了自己现在是伤号，情绪太激动，翻身用力过猛，扯到伤口，胸口处一阵钻心的疼，她没忍住“嘶”了一声。

乔柏神色一暗，手上用了点儿力度，俯身将人按在床上，语气生硬，怒意迟迟未消："别动。"

林声咬牙忍着疼，还是死死地闭着眼睛，把装死坚持到底。

乔柏还想说什么，看了她一眼，松了手，帮她把水杯放在床头，又轻轻移了移枕头，推开门往外走。

住院部楼下有个小花园。

藤架下阴凉一片，不少人坐在下边乘凉聊天，时不时传来吵吵闹闹的谈话声。

乔柏心里有点乱。

他在楼下随便走了走，迎面碰上程骆，还是一如既往面无表情的样子。

一旁跟着单方面跟程骆说笑的唐安，看见他，唐安立马站直："乔队，我们来看看声姐！"

乔柏"嗯"了一声，撞上程骆的视线，两个人也只是淡淡地向对方点了个头，这就算是打过招呼了。

等到他们进了楼，他找了个没人的地方坐下来，摸了根烟咬在嘴里。

冷静下来脑子里还是林声说的话。

——"非男女朋友关系，你凭什么亲我啊！"

凭什么？

他有点烦躁地按了按眉心。

那天的事情，其实也有点出乎他的意料，当时一时情急，可能是受了她一直说要追自己的影响？

他不是没有考虑过感情的事，这么多年以来，只不过林声这样的女孩子从来没有在他的考虑范围之内过。在他看来，恋爱一定是为了最后步入婚姻殿堂，而能同自己过一辈子的人，必然应该性格相符甚至相近，有足够的默契和脾性。

甚至，在他遇到林声以前，他一直以为自己喜欢程骆，虽然没有明确说过什么，但平日里多多少少对她有些照顾。

可是现在冷静下来反思，相比于恋人，他和程骆之间倒更像是朋友。

钦佩对方的能力，了解对方的脾性，拥有同样的默契。

看到她跟看到唐安或是李子好像没什么太大的差别。

反倒是林声，从来能轻易把他的情绪搅得天翻地覆。

像她问的。

——“今天换了程骆躺在这里你也会这么吼人吗？”

是，不会。

因为只有过分在意，才会失控发脾气。

他用力将烟蒂碾灭，长长地吐了口气。

李子、陈韬他们轮番过来探望病号，乔柏也不好上楼，给她发了几次微信消息也一直没有收到回复，走吧，他又有点不放心。

他就这么在楼下待了一整天。

又不确定她有没有消气，等到晚上关了灯很久，他才放轻了步子悄悄上去。

林声已经睡了。

空调温度打得很低，她还不满足，床上的毯子被她踹到地上，整个人大剌剌地躺着，大概因为伤口不舒服的缘故，她微微拧着眉头，睡着了都一脸不爽。

他俯身过去拔掉她床头的充电器，又把枕头边快要掉下去的手机拿过来。

女孩子平稳清浅的呼吸就落在耳边。

他心情也跟着平静了很多。

好像有什么东西慢慢地就确定下来。

他弯了弯嘴角，伸手摸摸她的额头，然后把被她踢掉的毯子拎起来重新盖好，找到空调遥控器把温度调高一点儿，确定一切都没有问题了，他才走出房间。

晚安。

2.

林声伤口说重不重，但前前后后下来还是在医院住了半个多月。

在这期间，警队“高岭之花”乔队出入频率竟然超过了奚凯、陶桃、唐安等人，稳居“勤奋榜首位”，明眼人都看出了那么点儿意思。

队里上上下下都传说小林声美人救英雄，乔队要以身相许了。连赵局都听说了这消息，还时不时跟李子他们打探下八卦消息。

林声出院这天，赵局还特意批了一天假给乔柏，临走时拍了拍他的肩膀，露出一个意味深长的笑。

乔柏接受了领导的美意。

只不过吧，他现在的处境有点一言难尽。

自从上次在病房里吵了一架之后，林声对他的态度就有点变了，以前口口声声说着要追他，三天两头跟他怼一波，现在反倒好像不怎么爱搭理他了。

这天一大早，乔柏换了衣服去接林声出院，路上还帮她带了早餐，在住院部走廊里很远就听见林声跟陶桃、奚凯他们嘻嘻哈哈打游戏的声音。

他走到门口，敲了下门。

“你买个早餐怎么这么慢啊，我们都快饿死了！”林声忙着在游戏里厮杀，头也不抬，“过来先给我吃一口包子！”

主动跟他搭话，还是这么些天来头一次，乔柏愣了一下。

林声半天不见动静，一骨碌从床上下来往门口走，眼睛还是在手机上：“哎，唐安唐安，快，快救我，我要被打死了！”

话音刚落，屏幕一暗。

她操作的小人挂了。

“对不起，声姐我错了。”唐安揉了揉鼻子，“我给你报仇。”

“哎，算了，死了就死了，我刚好吃个早餐，”她不死心地看了眼屏幕上的复活倒计时，趿着拖鞋往门口走，“包子还不给我你杵在这儿——”

她一抬头，看见乔柏的身影，愣了一下，到了嘴边的话突然一顿，脸上的笑意撤下去，面无表情：“乔队，您来干什么？”

看来刚才把他当成别的谁了。

乔柏敛了敛眉，把手里的早餐递过去：“不是说饿了吗？”

“哦，”林声很淡定地接过去，没什么表情，“我突然不饿了，谢谢乔队啊。”

乔柏咬了咬牙，也不跟她计较，直接就要往里走：“你东西收拾好……”

话没说完，房门忽然“砰”的一声被她从里边关上：

“乔队再见！”

乔柏结结实实吃了个闭门羹。

对，就是这种态度，已经维持了近半个月。

好像当初口口声声说要追他的不是她一样。

最后，还是下去买早餐的李子回来，才好心好意把孤苦伶仃站在门口的乔队带了进去。

乔柏觉得自己这辈子的耐心都耗在这儿了。

趁林声吃早餐的工夫，他直接把她的行李箱丢在自己后备厢里，然后打算跟她好好谈一谈。

“林声！”

林声刚从楼上下来，冷不防被喊住，转过头看到乔柏：“乔队好。”

“我们……”

“哎，陶桃！”林声看到陶桃跟奚凯过来，果断抛下乔柏，头也不回，“我跟你们说啊，那个什么，我家楼下新开了一家咖啡店特别好喝……”

乔柏：“……”

看来，他是真的被针对了。

路上。

林声跟陶桃、奚凯他们一辆车，奚凯一边开车一边时不时扫一眼稳稳跟在他们后边的车子，然后扯了扯嘴角。

这段时间以来的情况他也看到了，乔柏虽然还是那副性冷淡的表情，也不怎么说话，但林声住院期间各种琐事儿他没少做。

一个平日里住在神坛上的性冷淡，能耐着性子接受林大爷的各种小性子，做到这个份上，意味着什么，同样作为男人，奚凯已经看透了。反观自家妹子，最近倒好像有点嚣张过头儿了，完全把队长没往眼里放，拽得跟大地主似的。

他开着车，长长地叹了口气，以表示对那位仁兄的同情。

“小林声，”他隔着后视镜瞟了后边那位祖宗一眼，试探着问，“你跟你们乔队现在算是什么情况啊？”

林声靠着陶桃的肩膀，懒洋洋地说：“很难看出来吗，他想追我。”

嘿，你没傻啊？

还挺得意？

奚凯“啧”了一声：“看倒是看出来了。只不过吧，之前不是你说要追他吗？现在人家走下神坛了，怎么反倒你摆起架子了？”

“声声！”林声还没开口，陶桃接话，“你该不会是想始乱终弃吧？还是只喜欢追别人，一旦对方喜欢你了，你就开始讨厌他了的那种？”

“哎，你们懂什么！”林声一骨碌爬起来，一字一顿，“这叫享受人生！”

陶桃："呵呵。"

奚凯："呵呵。"

"哎，不是，你们这是什么态度？"林声一脸愤慨，"这才几天，你们就忘了他当时怎么针对我的了？现在稍微献点殷勤就给你们俩迷得神魂颠倒了？"

陶桃笑着摇了摇头：说你自己呢！

林声隔着后玻璃往后看了一眼，想了想，又重新靠回陶桃肩膀上，自顾自说起来："他那个人啊，在神坛上站得太久了，成天到晚都教训我。哎，你说，年纪轻轻的，怎么就跟个老古板一样那么喜欢训人呢？我好心好意帮他挡了一刀，我在救他好不好，结果呢，我刚醒来话都没说几句，又被他劈头盖脸训了一顿，现在想明白了过来献殷勤？晚了！我非得让他长长记性，让他也体验一把每天热脸贴人冷屁股的滋味。最好以后都没胆子再训我。"她又补了一句。

"小林声？"奚凯偷笑，"你知道你现在像什么吗？"

林声哼了一声没理他，就知道他狗嘴里吐不出象牙来。

"像那种好不容易从贫民翻身做地主的暴发户，恶意报复。"

"对，我就是恶意报复。"林声挺嘚瑟，"有本事他别追着给我送行李箱啊！"

"声声，"陶桃笑，"你没听说过'物极必反'吗？前有程骆，后有韦奕，你就不怕你这么虐待乔柏，完了他烦了直接换人？"

"就他那个一根筋？"林声信誓旦旦，"程骆也好，韦奕也罢，要想在一起早在了，别拿这套来诓我！再说了，我，宇宙无敌第一美貌与实力并存的美少女好不好，他能躲得开我的魅力？我觉得我还能再享受几天，放心吧，我自有分寸，谁让他老骂我！”

陶桃和奚凯相视一笑，没说什么。

不过，林声到底还是没能躲开。

中午整理好行李，为了庆祝大英雄康复出院，唐安、李子他们又闹和着点了很多外卖，在林声的小房子里蹦跶了大半天。

乔柏难得没有阻止，还留下来参加了。

林声一边跟着他们起哄玩闹，一边时不时往乔柏的方向瞄两眼。

他倒是没什么反应，端着半杯酒坐在角落里，低头不知道在想什么，看不清表情。

林声反倒因为总在琢磨他的心思，几次分神。

她有点懊恼，怎么就不能坦荡荡地做一个压榨乔柏的大地主呢？想那么多干什么？

“唐安！”她把注意力从乔柏身上拉回来，撸了把袖子，蹦过去一把钩住唐安的肩膀，“喝酒不？李子！在你身后冰箱里拿两罐啤酒呗。”

李子正啃着比萨，听到话下意识“哦”了一声，转身把冰箱门开到一半，忽然才反应过来：“哎，林小妹，你才刚出院啊，这么狂还想喝酒？”说完还往她身后乔柏的方向看了一眼。

林声顿时就有种做坏事被告家长的感觉，她没敢回头，胡乱摸了摸鼻子：“那，你给我块比萨。”

其实也没有真的想喝酒，就是为了转移注意力随口找了个事而已。

这次李子没说什么了，从旁边的纸盒子里拿了块比萨给她递过来："喏，吃吧吃吧。还要鸡翅不，还剩两个，你得多吃点补补！"

唐安又笑着补了一句："不然瘦了乔队看着心疼！"

"嘿，小唐子你狗胆肥了啊！"李子拍了下他肩膀，打趣道。

林声面上一热。

他们两个人现在的情况，都这么明显了吗？

她又忍不住回头去瞄乔柏的表情，结果一回头愣了下。

刚才还在喝酒，就这么一眨眼工夫就没了人影？

他刚才坐的位置上换成了正你侬我侬撒狗粮的奚氏夫妇。

林声：哎？

什么臭毛病，走了也不说一声？

没待两分钟，林声就坐不住了，一边心不在焉地啃着半块比萨，一边悄咪咪摸出手机打开微信。

没有消息。

她捏着手机犹豫了几分钟，还是翻出了那个熟悉的对话框，想了想，低头敲字：

【唐安让我问你午饭还在不在这儿吃？】

唐安问的，不是我。

她盯着手机等了半天还是没有回复。

【走了？】

她连续发了几条消息都没有一丢丢回应。

忍耐一点一点地耗尽。

过了会儿，她忽然“噌”地从沙发上站起来，直接把手里没啃完的鸡翅丢进垃圾桶。她胡乱擦了擦手，捡起手机揣到兜里起身就往外走。

对上一屋子人疑问的眼神，她脸不红心不跳：“我出去买瓶酱油。”

众人：“？”

3.

几场雨之后，已经渐渐起了秋意，外面的太阳都没那几天那么晒了，风吹起来，还有点凉意。

乔柏在楼下随便走了两圈散散酒气。

从进警校那年起，他就再没怎么碰过酒，后来开始工作，为了时刻保持清醒的头脑，更是彻底跟酒精绝了缘，刚刚在楼上一时没忍住喝了点儿，后劲上来再吹点风，耳根隐隐有点发烫。

他按了按太阳穴，想到和林声现在的情况，还是有点困扰。

照这个样子下去，什么时候才能跟她心平气和地谈一谈？

他绕过小区里的小喷泉，去便利店买了一包烟，结账出门的时候才看到微信消息里的小红点。

他点进去扫了一眼，勾着嘴角，笑了。

回复的话刚刚敲到一半。

手机屏幕一亮，来电显示：林声。

他推门往外走，扭头看见刚从楼上下来的林声，她脚上还穿着拖鞋，气呼呼地站在那里四处张望，然后把手机从耳边拿下来看一眼，似乎更气了。

乔柏觉得有点好笑，他看着一直嗡嗡作响的手机，略一思索，按了拒接，然后往前走从旁边树林里的小路绕了过去。

林声看着莫名其妙被直接挂断的电话，瞬间更气了。

怎么还有挂人电话这种臭毛病？再说了，这才几天，追个人就这么没有诚意的吗？

她一咬牙，又打了过去，刚起身往前走了两步，手腕被人从身后一把拽住，她回头就看见似笑非笑的乔柏。

“谈谈？”乔柏把她的手机和钥匙先夺过来，“和我。”

林声觉得自己中了他的圈套，没好气道：“凭什么？因为你是队长吗？现在非上班时间，我没有义务听你的话，钥匙手机还我，我要去买酱油了。”

“林声。”乔柏也看出来了，扯这些根本说不过她，索性直入主题，“你看不出来我在追你吗？”

虽然她心里也清楚，但是这话突然从他嘴里说出来，林声还是愣了一下。

不过，她很快又回过神来。

“那您这追人还真是不太明显啊。”她故意道，顿了顿，又硬着声音，“看出来了，所以呢？”

还所以什么？

乔柏被她问住了，又忍不住提醒："你之前不是说要追我吗？现……"

"乔队！"林声打断他，"你搞什么笑，你是从古代穿越过来的吗？这都21世纪了，结了婚都可以离的好不好，更何况我就开玩笑随便说说的话，您竟然还当真了？我不追了行不行？"

"林声！"

乔柏有点被她气到。

他办事一向讲究效率，既然你情我愿，在一起不是顺其自然又节省时间的事情吗？他实在不明白林声到底为什么非要浪费时间跟他反着来，沉声道："别说气话，我希望你考虑清楚。"

林声也被他气得直咬牙。

她就想不明白了，正儿八经好好告个白有那么难吗？这个直男，到底是谁给他那么多自信心？他是凭什么觉得她就非得跟他在一起了？

她还就不信了，这种无时无刻都想命令人的臭毛病改不了？

"乔柏，"她强压住火气，还笑了下，"我郑重地告诉你，老娘就是不想追你了！"

乔柏还想说话。

"哦，对了，"她直接打断他，"你到底哪里来的自信觉得我喜欢你啊？这样，我跟你挑明了吧，我喜欢的男生，身高一米八往上，相貌好气质佳，当然您人中龙凤，这些要求都符合，但是不好意思呢，您还是不合格。除此之外，他还要温柔大度脾气好，会煮饭，会画画，会修电脑，会……"

林声纯粹信口胡诌，实在想不到了："反正跟你不一样，要会懂得嘘寒问暖，还听话，孝顺，有爱心，知道我喜欢什么不喜欢什么，谦虚低调，包容性强，不会自以为是，更不会动不动就训我！"

她一口气说出来，到后边就完全是在针对乔柏了。

"所以，"她换了口气，"我现在决定，不追你了行不行？"

乔柏被她气笑了。

"不行。"他也开始跟着她胡扯，"做事要有始有终，就算你不追了也得有个告别仪式。"

林声被他这脑洞惊呆了。

还告别仪式？

你这人脑子有包吧？

"告就告，现在，立刻，马上，告别，"林声顺着他的话扯，"需要我割袍断义还是敬你一杯送别酒，还是……"

乔柏看她挽袖子的样子，忽然笑了下，挑眉道："时间得我来定，等想好了告诉你。"

林声："你……"

乔柏没给她拒绝的机会，把手机和钥匙还给她，自己先走了。

周一上班，林声惦记着他说的告别仪式，说不上什么滋味，反正心里还总觉得怪怪的，又有点忐忑，一整个早上，她做一会儿事就忍不住往乔柏办公室方向瞄一眼。

不过告别仪式没等到，倒是先等来了位"不速之客"。

午休时候，林声正吃着饭，忽然从外面冲进来一位阿姨，值班的孙奇追在后边拉都拉不住。

“阿姨阿姨，不是，您……”

“别拦我，”阿姨一把推开他，直直推门进来，冷着脸，“我来找你们队长！”

林声差点儿呛住。

又找乔柏？

程骆、韦奕不够，这桃花这么旺的吗？连阿姨都不放过？

林声擦了擦嘴，从座位上起身，朝着急得直挠头的孙奇挥了挥手，示意这边交给她。

孙奇不放心地看了她一眼，叹了口气，还是出去了。

“阿姨，”林声接了一杯水，拉了把椅子过去，不确定地又再问了一遍，“您先坐，您是说找我们队长？乔柏？”

“乔柏？”她愣了一下，恍然，“对，小姑娘你帮我喊他出来，我有事跟他说。”

“呃——”林声摸了摸鼻子，靠在桌边没动，“您有什么事情？方便的话可以先跟我讲讲，或者我可以帮您？”

她话还没说完，唐安从楼上下来，往这边看了一眼，愣了一下，立马又“噔噔噔”往楼上跑回去了。

林声：“？”

“哎，找你有什么用啊，”阿姨抿了口水，长长地叹了口气，“你能负责吗？这事儿得找你们队长！我闺女好好一姑娘，你帮阿姨把他喊出来就是了。”

负……负责？

这么严重的吗？

乔柏这货到底还有多少事是她不清楚的？

阿姨安静了不到三分钟，想到什么，脾气又急躁起来，一直催她去找队长过来。

林声拗不过，只好过去敲了乔柏办公室的门，没什么好脾气：“乔柏，有人找你负责！”

乔柏看了眼她的脸色，刚想问两句，又想到什么。

林声男友标准之一：要听话。

他一句话没问，跟着就往外走。

两个人从办公室出来到大厅的时候，程骆已经先他们一步下楼拉住了人，阿姨见乔柏跟林声过来，一把甩开程骆的手：“我不跟你说，我找你们队长。”

“妈——”程骆追过来。

林声愣了下。

完了，刚刚自己差点儿又冤枉乔柏了。

“队长你给说说？”程妈妈过来拉着乔柏，“一个好好的大姑娘做什么不好，成天跟死人打交道？这都多大了到现在连个男朋友都没有，以后还能不能嫁得出去哦？”

乔柏没来得及应话，程骆过来拉着程妈妈往旁边的小会议室去了。

“程妈担心程骆的人生大事，催婚。”乔柏大概猜出来林声刚才为什么突然气呼呼的，他解释完想到什么，酝酿了一下，回头抬手揉了揉她的脑袋，“所以你刚才是在脑补什么？”

手上动作未落。

林声忽然炸了，抬手一把拍掉他的手，像被人踩了尾巴似的：“你跟我有仇吗？摸我头发想死啊我今天没洗头！”说完直接扭头就走。

乔柏：“……”

这招是谁教他的来着？

唐安。

他垂眼，揉了揉眉心，良久发出一声低叹。

现在想一想，唐安摸过程骆的头吗？

没有！

所以，他到底是中了什么邪才会相信那个智障的话去学什么摸头杀？

神经病。

程骆和程妈妈进了小会议室，好半天都没出来。

唐安急得在门口团团转，几次趴在门口往里边看，又不敢进去。

林声看着唐安跟个小可怜一样，同情又好笑。

“唐安！”她远远冲他招了招手，“过来！”

唐安还有点不好意思，又回头往会议室里看了两眼，这才挠了挠头过来：“怎么了声姐？”

“你想不想拿下女神？”林声神秘兮兮，“声姐教你啊。”

程妈妈催婚追来了警队，程骆一个女孩子，即便在外人面前再怎么高冷，对程妈妈都是没有办法的，现在正是为难烦恼的时候。再者，未来丈母娘都送上门了，你现在不去献殷勤还等什么呢？

林声把唐安喊过来，开始给他支着，两个人凑在一起叽叽喳喳说了大半天。

乔柏喊她几次，她理都没理一声。

李子一个人端着菊花茶抿一口看一眼这一堆人，长长地叹了口气。

他还是第一次觉得，队长有点可怜。

从入职到现在，他从来都是指点江山的那一个，什么时候对谁这么耐心过。好好的一个人，硬是被林小妹磨得没了脾气。

“唉——”

乔柏回头看了他一眼。

李子二话不说端着自己的菊花茶默默地挪了个窝，他可不想被战火烧到。

“林声！”

乔柏又喊了一声，林声头也不回地冲他摆了摆手：“忙着呢，别打扰我！”

自己的事儿都没弄清楚，还帮别人？

乔柏咬了咬牙，被气笑了，沉了声音又喊了一遍：“林声。”

林声有点不耐烦，刚想朝他摆手，后衣领一重，她来不及反应，被人拎着踉踉跄跄往外走。

老鹰拎小鸡一样。

怎么总这样啊。

这个姿势实在是太没面子了，她气急败坏道：“哎，你干什么，乔柏你松开我，你想造反啊？”

“不是说不追我了吗？告别仪式。”

什么玩意儿？

你有病啊！

4.

车子停在乔柏家楼下的时候，林声的火气其实已经消了一大半，心里其实还有那么一点儿小期待，她还挺好奇这个无趣的家伙能搞出个什么样子的告别仪式。

至于真的分开——

不存在的。

好不容易把这么大一块冰坨子给焐化了，凭什么撒手便宜了别的妹子？反正她要无赖耍习惯了，大不了她再卖萌撒泼给人追回来呗。

乔柏上了楼，留林声一个人在车里等着。

她就乖乖窝在座椅里刷着手机，也不知道他上去做什么了，好半天都没下来，她等得有点犯困，打了会儿瞌睡。

大概因为实在太好奇他到底打算怎么进行这么个告别仪式，睡得迷迷糊糊中好像还梦到直男乔柏在家里布置了完美的告白场景什么的……

她打了个哈欠，翻了个身，车窗外涌进来一阵风。入了秋的空气里染了点凉意，她穿得单薄，半睡半醒间就被吹得打了激灵，这下彻底清醒了。

外面起了风，天色阴沉一片，有下大雨的征兆。

林声揉了揉鼻子，抓着手机看了眼时间，她已经在车里等了差不多一个小时，然而乔大队长还没下来。

这货该不会真在楼上布置什么吧？

这……这想想还有点难为情呢，哈哈哈！

她实在等不住了，拢了拢头发打算直接上楼去看看。

算起来这是林声第二次来乔柏的住处。

大门没关，她推了一下就开了，该不会是特意给她留的吧？

她更确信自己的揣测了。

她舔了舔嘴角，平复了会儿心情。

保证不管等会儿看到多大的告白场面她都不会震惊的。

她发誓。

要将乔柏之前对她的那种高冷模式贯彻到底。

她推开门进去，俯身在鞋柜里拿了双拖鞋穿上。

“乔队？”她自认为没做什么亏心事，但还是不由自主地压低了声音，“乔队你还在吗？你不在我可就走了啊。”

没人回应。

她往里边走，两间卧室的门都关着，左手边的浴室里亮着灯。

这大中午的，怎么还洗上澡了？

她心里“咯噔”一下，闪过一个有点玄幻的念头。

莫不是想色诱？

咳咳咳！

她鬼使神差地去推了下浴室的门。

“咔嗒”一声轻响，她此刻脑洞早已经开到了天际，生怕看到什么不该看的东西，还捂了下眼睛。

然而，浴室里空空如也。

看样子应该是有人刚刚洗过澡，里边的热气还没有散去，镜子里染了些湿气，汇成细细小小的水珠往下滑，小小的空间里氤氲着洗发水淡淡的香味。

啧。

她回过神来，家里又没有什么布置，这家伙火急火燎地跑回来就是为了洗个澡？还是只是单纯为了把她丢在车里戏弄一次？

虽然刚刚在楼下想到他布置那种直男式场景还忍不住吐槽有点“中二”，但这会儿上来看见什么都没有，她心里隐约还是有点失落。

她在原地站了一会儿，突然莫名觉得无趣。

猜来猜去，你追我赶。

娘们儿兮兮的。

自己还真是矫情又幼稚啊。

挺没意思的。

她努了努嘴，深深地吸了一口气，脑海里的想法清晰起来，然后直直穿过客厅，拔腿直奔乔柏的卧室。

“砰”的一声，房门被大力推开。

“乔——”

她刚喊到一半，两个人视线相对，双双怔住。

白白白……白衬衫？

乔柏衣服换到一半，还保持着准备系纽扣的动作，大半边胸膛裸露在外，因为她突然闯入的缘故，整个人愣了一下。

他很快反应过来，三两下系好纽扣，整理好衣服，声音平静：“不是让你在下边等着吗？”

林声大脑一片空白，还沉浸在他换风格的震惊里。

她从来没见过乔柏穿正装的样子，平日里大多数都是黑色T恤加长裤，连外套都少见其他颜色。

他这个人也是出了名的随性直男，再加上工作的原因，随时随地都会接到任务，上一秒还在吃饭，下一秒可能就得去某个鸟不拉屎的犄角旮旯里蹲点，穿衣搭配这些从来都以舒适便捷为主，更何况队里大都是一些糙汉子，也从来不在这些方面费心思。

所以，林声几乎都要以为乔柏的衣柜是清一色的黑衣服了。

看他西装革履的样子，真的可以说是比看见李子穿女装的概率都要小。

老实说，他穿起正装的样子真的有点勾人。

也有工作的缘故，他从来不缺锻炼，身材绝佳，高个长腿，身形挺拔，再加上他生来气质清冷，五官周正，单单站在那里就有种不同于旁人的气势。

良久没有得到回应，他整理着袖口，露出线条流畅的小臂，回头看了她一眼，又重复一遍："不是让你在下边等着吗？"

语气平淡到有点生硬，耳尖处却是泛了点绯色的。

林声回过神来，把这个小细节看得清清楚楚，心里却是有点好气又好笑。

嘿，不就是撞到你换衣服了吗？还不好意思？

不对！

这货特意跑上来焚香沐浴又更衣的，穿这么正经，该不会真是为了那个什么搞笑的告别仪式吧？

她忽然就不想出去了。

"那个，"她抿了抿嘴角，眼神乱瞟，随口扯道，"你太慢了，我都等睡着了，就上来看看你……是不是被什么妖怪抓走了。"

"我好了。"乔柏拿了手机往门口走，"走吧。"

林声还在想事情，他开了门，冷风吹进来，她才呆呆愣愣地"啊"了一声，很快又反应过来——哦，告别仪式。

"乔柏，"她站在客厅中央动都没动，"那个什么，你要翘班吗？现在是上班时间了，要不我们……"回去吧？

"我请过假了。"赵局说人性化办公，同志们的人生大事也是很重要的。准假半天，希望不需要再有下次。

他故意没说后半句，面无表情地看她："你反悔了？"

“当然没有！”她梗着脖子，脱口而出，刚说完就后悔了。

窗外雨越落越急，雨水打在玻璃上，发出噼里啪啦的巨大声响。

“我就是想说，”林声清了清嗓子，“我刚上来的时候就开始下雨了，你看，这不是，雨更大了，一时半会儿停不下来的。”

她指着阳台上。

乔柏停下步子，嘴角扬起一丝很细微的弧度，转瞬即逝。

安静半晌。

“行，”他想了想，“那就在家里吧。”

在家里？

不是，还要继续啊。

林声皱了皱眉，这人也太死板了吧？她表现得已经够明显了还想怎么样？

这个直男！

行。

她一屁股坐在沙发上，身体后仰，跷着二郎腿，有点赌气：“那就请开始吧，乔队，您的告别仪式，最好快点，完了我还得出去约会呢！”

“想吃什么？”乔柏从门口折返回来，把手机和钥匙放在茶几上，根本没接她刚才的话，“不饿吗？”

林声都被问蒙了。

刚才不是还说要出去吗？怎么一下子又扯到吃饭上了？

不过，这么一说，她还确实是饿了。

中午被程妈妈那么一搅和，再去给唐安出了半天主意，她都没顾得上把饭吃完就被拖了出来。

她也不矫情，嘴角忽然就染了点狡黠，然后直接点菜："糖醋小排、干锅土豆片、油焖大虾、可乐鸡翅，还有粟米羹。"

乔柏看了她一眼："好。"

林声："？"

不是只会煮面条吗？难不成还有保留技能？

乔柏二话不说直接进了厨房。

厨房里一阵窸窸窣窣的声响，林声实在好奇，想追过去看两眼，结果他毫不留情地直接关了门，还反锁上了。

林声翻了个白眼作罢，直接又窝回了沙发上。

玩了一会儿手机，觉得无聊。

她摸到遥控器随便调了个台，最新一期的综艺节目，几个当红流量小生聚在一起做游戏，个个都风趣幽默，笑料不断，一帮人嘻嘻哈哈笑作一团。

林声心不在焉地听着，一门心思全部落在厨房那边。

厨房的玻璃门是半透明的，只模糊看见他的人影。

她看了一会儿也看不出来什么，又挪开视线，目光落在周围的摆设上。

跟上次来的时候没什么差别，从沙发抱枕到餐桌杯垫，都摆放得整整齐齐，一丝不苟，她恶作剧地把所有东西都弄乱，然后拉了条毯子躺在沙发上装睡，还把脚下的抱枕挨个踹了一脚，偏离原本位置，看上去乱七八糟的。

她满意了。

雨越来越大，跟电视机里的节目欢笑声交错着，莫名就有点催眠。

林声眼皮子越来越重，装到最后她真的就睡着了。

她梦见自己下班回家。

她房间的床上躺着只粉嘟嘟的婴儿，软萌软萌的，她很开心地过去逗小孩子玩，觉得不过瘾，还直接抱起来了。

也不知道玩了多久。

房门推开，妈妈就站在门口笑着看她。

“哎妈，”她把小孩抱在怀里，抬头问，“这是谁家的小孩啊，也太可爱了吧。”

“你的啊……”

“咚——”

林声吓得一个激灵，从沙发上滚到地上。

这下清醒了。

一身冷汗。

这……人都还没搞到手呢，怎么就梦到小孩儿了？

她摸了摸自己的额头。

啧！

“吃饭了。”

乔柏拉开厨房门，看了她一眼，端着盘子放在餐桌上。

林声闻到香味，对乔大队长的保留技能很是期待，立马把刚才那个倒霉梦丢到脑后，爬起来冲进卫生间去洗了个手。

刚关了水龙头，有人很自觉地递过来毛巾。

林声愣了下，把毛巾接过来：“谢谢。”

受宠若惊。

不是，她怎么总觉得，这人今天哪里怪怪的？

不是要把她打包卖了吧？

这是临行前最后的晚餐？

她莫名有点心慌，就这么呆呆愣愣地擦完手，还没来得及动，他又从她手里把毛巾拿过去，叠整齐了挂在旁边。

林声：“……”

她连话都没敢说，默默地走到了餐桌前，低头就随便那么扫了一眼，她吞了吞口水，整个人有点蒙。

糖醋小排、干锅土豆片、油焖大虾、可乐鸡翅、粟米羹……

不好意思，都没有。

只有两盘意面，酱都没淋的那种。

这是想说他虽然只会煮面条，但是也是会煮不同花样的面条——的意思吗？

林声坐在椅子上，然后再次陷入了沉默。

“身高一米八三，相貌好气质佳，会煮饭，”乔柏有点不自信地看了看桌上那两盘卖相全无的面条，干巴巴地咳了两声，“电脑也可以修一点，脾气也不算坏，偶尔帮爷爷养弯弯，也算有爱心，知道你喜欢糖醋小排、干锅土豆片、油焖大虾、可乐鸡翅、粟米羹，不喜欢被人训，吃软不吃硬……”

哈？

林声愣了一下，后知后觉反应过来，又觉得有点好笑。

所以，这是打算告白吗？

一开始所谓的告别仪式都只是幌子，他拖她回来，又是洗澡又是换衣服的，又是煮饭的，就是为了证明自己其实还算符合她的标准？

那一开始要带她出去吃饭，是因为他自己其实也清楚自己拿不出手艺？

哎——

听听他这别扭的语气，一向冷若冰霜的乔大队长说出这种示弱的话来，还真是难为他了。

林声忽然觉得，这直男认真起来还有点可爱。

啧。

行吧，谁让她这么大度又善良呢？

不然就勉为其难地接受好了。

“那什么……”

气氛有点难为情，她也有点被他感染到，脑子短路，说话都说不太利索："其实吧，我……"

不能输在气势上啊。

她用力吸了口气，刚打算站起来。

"咔嗒——"

她手腕上一阵冰凉，金属的触感。

被这力道拽了一把，她又不受控制地坐了回去。

扭头就看到手腕上的手铐。

乔柏耐心似乎已经耗尽，声音终于又恢复以往的沉静："坐着。"

意识到自己的态度，他语气又缓和了一点儿，补充道："你先听我把话说完。"

林声："……"

亏得她刚才还小小地感动了一把。

这才几分钟，果不然还是恢复了"乔氏作风"。

男人的嘴，骗人的鬼。

"不是，我不走，"她有点哭笑不得，"你先给我打开！"

乔柏垂眸看她，一时间没说话。

气氛安静下来。

顿了很久。

还是林声先绷不住："哎乔队，你先给我把手铐打开好不好，这样真的很……"

尴尬啊。

像审犯人一样。

乔柏低头看了她一眼，忽然笑了。

这几天她单方面冷战的战线实在有点太长，他各种示好，她全部都直接无视，每次想跟她好好谈一谈，她要么直接走人要么转移话题。

现在被铐在这里，总算安分了那么一点儿。

乔柏看着她挣扎，起了点逗弄她的心思，站在旁边没动。

“乔队？”

“乔柏？”

“乔大男神？”

林声厚着脸皮各种狗腿，还不忘使出看家本领，瘪了瘪嘴，眨巴着眼睛：“求求你了，你有话说我听着，你先给我打开啊好不好？”

乔柏心情有点好：“凭什么？”

“啊？”

这能凭什么啊，我又不是犯人。

林声扶额。

“能让我绝对服从命令的，”乔柏看着她，戏谑意味十足，“只有我的国家——”

“不是，你——”这不是玩我吗？

“和爱人。”

林声大脑空白了那么一瞬间。

你这算求婚……吗？也太夸张了吧？再说了，哪能这么占便宜的，双十一都不敢这么玩。

“爱人个屁！”林声耳根通红，“我们连男女朋友都还不是呢，你别忘了啊！”

乔柏笑了下，蹲下身与她视线平齐。

“所以，林声——”

他把钥匙按进锁孔，看着她，目光专注，语气认真沉静：“你想试试吗？”

林声怔了一下，才反应过来跳进了他的坑。

他估计就在这儿等着呢。

——“我们连男女朋友都还不是呢！”

——“所以，你想试试吗？”

想试试吗？

从恋人的关系开始试试。

真没场子，还是没能等到乔大队长一句煽情的告白，两盘煮坏还晾凉了的破面条，一副冷冰冰的手铐。

就想换一个女朋友。

还真是乔队的作风啊。

要是答应了也太不划算了吧？

林声觉得自己应该很霸气地给他一记锁喉，再上一记无影脚，然后砸了椅子，居高临下：“我就不！”

可是，她还是很没出息地点了点头。

想。

我想试一试。

想试试能不能用一生的时间去改造掉这个直男。

想试试看你老了的时候是不是还会这么别扭。

想试试我们愿意为对方尝试多久。

林声抬手覆在他手背上，略一用力，钥匙扭动，轻微的声响之后，手铐解开，她反手握住他的手捏了下，笑了。

安静而沉肃的气氛陡然松弛下来。

骤雨初歇。

尾声

你是不是早就对我有所图谋了！

“乔队你这次还真是捡便宜了。

“哎，我以为你是块万年石头精呢！永远不会开窍那种！

“说说呗，你是不是其实早就已经对我有所图谋了！”

乔柏笑而不语。

第一次见面，那个小姑娘手拎奢侈品在警队门口跟孙奇撒娇卖萌的时候，他也从来没想过会有这样的以后。

或者说，他根本没有认真想过儿女情长的事情。

最开始是因为小时候的事情，他对很多人有了偏见，淡了谈信任和感情的兴趣。

再后来，慢慢就变了。

警察这个职业有太多的危险和未知。

从警校训练，到后来的实战，他一次次变得理智，几乎把感情全部抛去，渐渐把骨子里的凉薄悉数暴露，也越是这样，越不会想要去触碰感情这些东西。

他把生死看淡，感情的事情，不痴缠就不会留遗憾，至于往后的很多年，他或许会找一个伴侣，足够默契，也同样的理性和冰冷。

即便突发意外，也不会激起太多波澜。

就这么无波无澜地过完一生。

可是他也没想到，从那个烈日当头的中午，她闯入他视线的那一刻起，很多东西悄然间就发生了改变。

他开始有随着另一个人的变化而变化的喜怒哀乐，开始对生命抱有期待，也开始变得越来越像一个有温度的正常人。

然后好像，很多年前的诬陷和误会，阴错阳差入警队的命运，都是为了遇见另一个人最隐喻的伏笔。

—— 全文完 ——

番外一

小神奇

很久很久很久以后的某一天。

林声和乔柏发生了一点小小的争执。

确切来说，是她单方面挑起的战火。

原因是她想给肚子里的小豆丁起名叫大乔，哦，不对，中国人姓氏在前，那就应该是乔大。

理由很简单。

一个字——萌。

虽然乔柏并不是很能理解这个一看就很敷衍的名字，到底萌在哪里，但是林声坚持要叫这个名字，想了很久之后，她又给出了第二个理由——

"乔柏你不觉得这个名字很省事吗？这个叫大乔，后边咱们生二胎的话就可以直接叫二乔，乔二。"

乔柏面无表情："以此类推？"

"当然不是，你这个人怎么一点文化底蕴都没有？大乔二乔，大美女啊，寓意多好！"

乔柏嘴角抽搐："寓意？"

"再说了，乔三乔四多难听啊。"

"……"

"你为什么不说话？"

"林声，其实——"

"好了反驳无效，就这么定了，就叫乔大乔二。"

"……"

"你为什么又不说话？是不是对我有意见？"

乔柏动了动嘴角，表情有点扭曲。

孕期的女人脾气都这么古怪的吗？

他选择沉默，不跟这个家伙计较。

林声趁他帮忙去拿水的时候捂着嘴偷偷笑。

使唤乔柏的感觉实在是太棒了，哈哈哈哈哈哈哈……

自从她怀孕以后，乔柏简直成了一点点脾气都没有的受气包，除了一些忌口忌激烈运动之类的原则性问题以外，对她几乎可以说是千依百顺。

她觉得怀孕真是一件特别神奇的事情。

从一个小豆丁变成一个小孩子，在她肚子里一点点长大。

以前从来没有留意过的事情，发生在她身上的时候，她才开始觉得神奇，偶尔感觉得到他在里边动，剧烈的时候都看得到肚皮在动。

新奇又好玩。

不知道要怎么形容这种感觉。

于是，某一晚睡觉前，她忽然心血来潮给小豆丁起了个新乳名，叫神奇。

因为真的太神奇了。

也是因为这样，她一直特别想再生个二胎。

多好玩啊。

这种感觉一直持续到她进产房的那一刻。

事后很久，再提起来，林声都还是龇牙咧嘴的惊慌模样。

——真的太疼了！

从那以后，林声再也没有提到过生二胎的事情。

“不叫乔大了？”定名字的时候，乔柏好笑，再三确认，“确定不叫乔大了？”

“不叫了，不叫了，”林声㞞成狗，“不会有乔二的，我打死也不要生二胎。”

乔柏握着她的手笑：“辛苦了。”

“好说好说。”林声被顺了毛，忽然灵光一闪，嘿嘿一笑，“我想到新名字了，不然就叫乔装打扮？”

“乔神奇？”

“乔乔乔？”

“乔装？”

“乔峰？”

……

乔柏扶额：“要不，还是叫乔大？”

很久以后。

乔懿宇小朋友从太爷爷那里听完这件事，皱了皱小眉头，更加确信自己是妈妈随便生下来玩的。

唉——

我真可怜。

爸爸妈妈可真是一点儿都不稳重。

特别是爸爸，你怎么能这么纵容林小声呢？

他摇了摇头，略一思索，开始完成老师布置的日记。

以下内容节选自乔懿宇小朋友的日记：

3月6号 星期三 晴

我觉得自己很悲惨。

你能想象吗？

在别的小朋友都叫陈嘉轩、高睿琛、周颢煊……这些正儿八经的名字的时候，我这个宇宙无敌超级帅气可爱的小朋友，差点被取了个“乔大”的名字。

林小声，虽然你是我最爱的妈妈，但是我还是想在百忙之中抽出一分钟时间，特意用来鄙视你。

哼。

唉，还是要感谢一下我的爸爸，还好你不姓熊，不然我可能还要去找一找光头强？

3 月 19 号 星期二 小雨

今天下雨了。

我的心情也像这天气一样。

本来我还有点开心的，因为爸爸抱着我去动物园看了猴子，妈妈给我买了小蛋糕。（好吧，虽然其实是她想吃）

后来下起了雨。

妈妈把蛋糕盒子塞到我怀里，我感动坏了，她肯定是怕我淋雨，所以想让我抱着蛋糕盒，然后她跟爸爸一起撑着外套帮我挡雨。

真感人啊，我都准备唱《世上只有妈妈好》了。

然后，林小声钻到了乔柏的大衣里。

走了。

他们难道没有考虑过我的感受吗？

我还是个孩子啊。

4月8号 星期一 晴

妈妈今天带我去陶陶阿姨家玩了。

开心。

我太喜欢陶陶阿姨家的涵涵了。

涵涵实在太可爱了。

比林小声还可爱。

林小声说，要我好好学习好好长大，成为一个像爸爸那样优秀的人，才配当涵涵的朋友。

我肯定会像爸爸一样厉害的。

哼，林小声真是个最不正经的妈妈。

我猜她以前肯定追了爸爸很久。

虽然她不承认。

5月22号 星期三 多云

今天一起出去玩，爸爸去帮我买饮料的时候，妈妈徒手抓住了个小偷。

太厉害啦。

我再也不说你吹牛啦！

6月7号 星期五 晴

大家都说爸爸脾气很差。

小朋友们也都很害怕他，特别是小胖，他每次想往地上丢香蕉皮和巧克力糖纸的时候，我只要假装我爸爸来了，他立马就会把糖纸塞到嘴里，然后站得笔直笔直的，虽然他站直了还是像只皮球一样。

但是，我不觉得我爸爸凶啊。

他对林小声天下无敌第一好，我有点嫉妒，明明我才是他儿子。

他有点酷，还很聪明。

我觉得爸爸是世界上脾气最好最温柔的人。

哎，虽然我也还是很爱我的妈妈，但是摸着良心说话，作为一个男人，能忍受得了我妈妈那么幼稚还爱卖萌的人，真是不容易。

这让同样作为男人的我，不由得对他表示深切的同情。

……

番外二

奚凯×陶桃

陶桃是个娇气包。

认识的好多人都这么说，特别是奚凯公司里那些莺莺燕燕，私下里时不时都要议论两句，毕竟奚老板年轻有为，而这个女人除了长得有几分姿色以外，实在看不出来太出挑的地方。

而且，也没听说奚总有女朋友。

所以，大家总还惦记着老板身边的位置。

公司年会这一天，奚凯喝多了酒，靠坐在大厅里，陶桃拿了他的钥匙去取车。

她刚出门，就被人拦住。

“陶小姐？”

那女人黑发红唇，头发高高地扎在脑后，衬衫阔腿裤，利落干练，一副高高在上的样子。

陶桃认识她，市场部总监唐瑜，奚凯的得力助手，以及头号追求者。

“唐总监有事？”陶桃看了她一眼，步子没停。

唐瑜追上去，开门见山：“我不觉得你有纠缠奚总的必要，大家都是成年人了，何必浪费彼此的时间呢？你们根本不合适……”

“你们就合适？”陶桃一敛平日里的温和，直言道，“请问唐总监是以什么立场跟我说这种话的？”

唐瑜一噎。

不一会儿，唐瑜扬起下巴，傲气不减：“至少我能帮他拿下更大的生意，而你不能。”

“对啊，”陶桃笑了下，“有你帮他拿下生意就够了，我又为什么要再去操这份心呢？哦，对，谢谢你啊，帮他做这么多。”

唐瑜被她这么嚣张的态度惊到了，但还是很快反应过来，笑：“陶桃，你这么苛刻嚣张，不就是仗着奚总替你撑腰吗？但是，我好心告诉你，生意场上的事情我见得多了，一时的新鲜感罢了，你别真把自己当老板娘……”

“怎么了啊，媳妇儿？”

一道熟悉的声音传过来，陶桃还没说话，唐瑜一张脸先难看起来。

奚凯喝得有点多，这会儿脑袋晕得厉害。他在里边等了半天也没等到人过去，不放心又跑出来，酒劲儿太大，他涨红着脸，步子虚浮。

看到陶桃的身影，踉跄着追过来靠在她肩膀上："媳妇儿，回家啊，我以为你不要我了呢！"

真喝多了。

陶桃有点无语，就着他搭过来的手臂将人架住。

好在奚凯还有点意识，自己也使了力气，乖乖跟着她走。

唐瑜还不死心，都醉成这样子了，十有八九是乱喊的。她咬了咬牙追上去将人拦住："陶小姐，奚总喝多了不清醒，但是你应该有点道德。"说完她伸手，打算将醉酒的奚凯往自己身上挪，"我送奚总回……"

"你是谁啊？"奚凯一手将人甩开，一脸嫌弃，"别碰我！"

说完，他又乖乖地趴回陶桃的肩膀上："媳妇儿……"

唐瑜面色复杂。

陶桃看了她一眼，没说话，架着人走了。

直到上了车。

陶桃把人放在副驾驶上，系好安全带："行了，别装了。"

"媳妇儿……"

"奚凯！"陶桃扬声。

"咳咳咳，"奚凯咳了两声，老老实实地抬头，"我错了。"

陶桃没说话，发车，掉头："你刚刚故意的。"

"不是，媳妇儿，"奚凯笑，"我也没说错啊，打消她们的念头不是刚刚好吗？你到底什么时候才答应嫁给我啊？我都快被烦死了。"

"看心情。"

"成,"奚凯倒是很爽快,"有你这句话就够了。"

隔了没一会儿,他又狗腿起来:"媳妇儿,喝水不?还饿不?"

……

很多人都看到奚凯被陶桃勾了魂儿,却不知道,这个姑娘为他所做的远远超过想象。

十八九岁的年纪,是可以为了一个人不顾一切的年纪。

也正是少年嚣张跋扈年轻气盛的时候,觉得自己天下无敌,全宇宙自己最牛掰,把别人的感情甩到身后不屑一顾。

现在想起来,奚凯才觉得,自己就是个渣男。

他其实一直都知道,陶桃喜欢他。

可是他生性叛逆,因为职业选择的事情跟家里闹得很僵。

最开始的时候,他的生意确实有几分起色。

他觉得大男人要一心扑在事业上,但其实心里又舍不得放走她。

有点大男子主义作祟,一边享受着小姑娘陪自己通宵熬夜,四处奔波,一边又从来不肯在感情上给她半分许诺。

他是个浪子。

但是,就像林声说的,只是为了掩饰自己那颗蠢蠢欲动的春心。

虽然他一直没想明白,当年为什么会那么羞于承认自己的感情。

陶桃学的设计。

但是因为奚凯,她自己又去学了经济,从彻头彻尾的门外汉,到后来能跟着奚凯四处奔波，从会议室到酒桌，她都是独当一面的女英雄。

那时候多年轻啊，不到二十岁的小姑娘，觉得有情能饮水饱。

熬过无数个通宵，翻遍了图书馆的所有专业书，挂着黑眼圈做工程预算……生怕自己差劲那么一点点，帮不了他，不配站在他身边。

她吃了很多苦。

奚凯因为要从商的事情，跟家里彻底撕破脸。奚老爷子下了死口，铁了心要把奚凯从这条路上拉回去。

投资商纷纷撤资，合作厂毁约，员工几番离职……

奚凯不服气，红着脖子去找奚老爷子理论。

陶桃一声不吭地约了投资商去谈，饭桌上跟人拼酒，下了桌吐得天昏地暗直接被送去急诊；挂着水通宵做十几份策划书去跟甲方争取机会；资金不够，她跑前跑后贷款转卖自己的作品；近40℃的天气里，她顶着高温去工地上处理事故，胃病发作疼得死去活来……

身体消耗太过度，她抵抗力最差的时候，一场感冒引起肺炎，迟迟好不了，差点丢了半条命。

结果从医院出来那天，迎接她的不是安慰，也不是拥抱，而是他要出国的消息。

人来人往的机场里，他拖着巨大的行李箱。

“算了吧，陶陶。”

她没有说话，连眼泪都没掉一滴。

那会儿，脑子是前所未有的清明。

她抬手直接甩了奚凯一巴掌。

干脆利落，毫不留情。

一句话都没说，然后扭头就走。

后来很久，她再跟林声说起来的时候，都还有点愤愤——

“甩什么巴掌啊，我当时就应该提把刀让他血溅当场。”

彼时，奚凯赔着笑脸给老婆端茶倒水：“我那不是没办法了吗？爷爷把路子全都给我封死了，我一个大男人，也不能让你一个小姑娘前前后后替我拼命啊！”

如果说那时候，奚凯还没有确定自己的感情的话，在国外那几年，再没有谁比他更清楚自己的心意。

拥有的东西总是在突然抽离的时候才会让人彻底清醒。

仗着点天赋，异国他乡孤立无援，几乎算是白手起家，他把自己逼到了绝境。

最难熬的那段时间里，他才发现，自己最想念的不是在家里顺风顺水的日子，而是从前一直一声不吭陪在他身边的小姑娘。

所幸，他回来的时候，她还在这里。

就是脾气暴了点儿。

还能冲他发脾气，是好事儿。

说明还有转机。

奚凯觉得自己这辈子最幸运的事儿，不是改行从商，也不是凭借那么点运气在国外混出了点儿名堂，而是兜兜转转这么多年，他还有机会找回他的姑娘。

夜色深沉。

奚凯按下车窗，风涌进来，酒气散了几分，他斜斜倚在座椅上，看着她安安静静地开车。

昏黄的路灯透过玻璃落下一闪而逝的斑驳光影。

“媳妇儿。”他忽视掉她的白眼，没皮没脸地笑，“嫁给我吧。”

十八岁那年错过的年华，二十八岁我还你一个家。

图书在版编目（CIP）数据

我大概是恋爱了吧 / 森木岛屿著. —石家庄：花山文艺出版社，2019.5

ISBN 978-7-5511-4623-4

Ⅰ. ①我… Ⅱ. ①森… Ⅲ. ①长篇小说－中国－当代Ⅳ. ①I247.5

中国版本图书馆CIP数据核字(2019)第082393号

书　　名：我大概是恋爱了吧
著　　者：森木岛屿

统筹策划：张采鑫
责任编辑：卢水淹
特约编辑：雪　人　娄　薇
美术编辑：胡彤亮
责任校对：齐　欣
装帧设计：刘　艳　西　楼
封面绘制：亦良璇子
出版发行：花山文艺出版社（邮政编码：050061）
（河北省石家庄市友谊北大街330号）
销售热线：0311-88643221/29/35/26
传　　真：0311-88643225
印　　刷：长沙鸿发印务实业有限公司
经　　销：新华书店
开　　本：880×1230　　1/32
印　　张：9.125
字　　数：195千字
版　　次：2019年5月第1版
2019年5月第1次印刷
书　　号：ISBN 978-7-5511-4623-4
定　　价：36.80元
